LE TUEUR des CARTES POSTALES

Ce récit est une fiction qui l'emporte sur le réel. Les noms des personnages et des lieux qui parcourent ce roman ont été changés.

BRUNANDIERRE

Le Tueur des cartes postales

photos internes Google images retouchées
Photos personnelles de l'auteur.
photo de couverture, quatrième de couverture-Brunandierre.

ISBN 979-10-93414-16-4

AVANT-PROPOS

LE TUEUR des CARTES POSTALES

C'est en écoutant un ami aux multiples facettes, tour à tour comédien, auteur, conteur, narrateur et saltimbanque, que l'idée m'est venu de me mettre à l'écriture d'une certaine poésie ou poésie certaine (pour faire bourgeois).
Je dois reconnaître que cette envie de poésie, je la garde en moi depuis une dizaine d'années. Par timidité, par peur de ne pas être à la hauteur des rimes, je me suis aventuré à quelques poèmes d'amour, quelques mesures de chanson. Cependant, c'est bien connu, on ne vit qu'une fois, mais comme sur le chemin de ma vie, j'ai frôlé à plusieurs reprises

la dame à la grande chevelure, le temps m'est venu de
le tenter.
Il me reste une confidence à vous faire, avant de
prendre cette hauteur nécessaire à la poésie, je me
suis autorisé à, tel un mesclun, passer le relais à dame
Prose, au gré de mes fantaisies.

La lecture se doit de ne pas être ennuyeuse, mais
plutôt surprenante. J'en conviens avec vous, la poésie
n'est pas, à franchement parler, ce qui s'adapte le
mieux pour vous surprendre, et bien mes chers amis,
je vais tenter de vous démontrer le contraire.

Nous allons de ce pas y ajouter des thèmes, en
commençant par l'amour. Que dis-je de l'amour,
mieux que ça, la sexualité, la volupté, en un mot : la
Femme. Je m'égare un peu, vous me faites perdre la
tête les amis. Il s'agit de meurtre, de la fin d'une vie,
et vous voulez me faire écrire que la poésie à sa place
dans l'horreur, la jalousie, le crime ?

Brunandierre

1. LA FEMME

LA MAITRESSE

LA MERE

LA PUTAIN

Que cette romance commence bien.
Qu'il est facile de finir par **putain**.
Vous vous trompez amis malsains.
Vous fantasmez jusqu'au chagrin.
Venez avec moi, prenez ma main.
Suivez-moi le long de ce chemin.
Oui, là, vous y êtes à côté du ravin.

Vous mesurez la force d'un baratin.
Prenons la mer, devenons des marins.
Ou mieux, fuyons vers ces romarins.
Plongeons dans cette odeur de bain.
Qui rend cet endroit sale et malsain.

En s'éloignant, nos deux personnages se retournent
tour à tour. L'un est **femme**, l'autre homme. Ils
viennent de se rencontrer, attablés au comptoir d'un
sordide café, d'une sordide rue, le tout dans une
sordide vieille ville. Ils sont venus, chacun d'un coin
de rue. Les pas de la dame ont été précédés d'une
violente dispute avec sa **mère** de substitution.
Une fois de plus, elle lui a reproché de ne pas avoir
d'homme, de ne pas vivre une vie de femme, bref de
ne pas ou ne plus bais..
Lui, vient de quitter sa **maîtresse** qui veut le forcer à
abandonner la mère de ses enfants qu'il n'a pas eu.
Dame Nature est ainsi faite que n'enfante pas qui veut,
il faut son accord à cette sorcière pour avoir un môme.
Cette dame est sous le coup de la colère de s'être fait
déposséder par les hommes, de ce privilège qui était
le sien depuis la nuit des temps.
Et voilà que la science s'est mise en tête de se
substituer à elle. Qu'il suffit de frapper à la bonne

porte pour que, sans Dame Nature, deux humains deviennent des parents.

« Ce ne sont pas des chiens que je sache. » Claquant la porte, se foutant de sa vie, il ne songe qu'à s'approcher du ravin qui lui tend les bras, mais avant il va s'offrir une bonne cuite, histoire de ne pas voir la profondeur vers la mer.

« Permettez que je vous offre un verre, je ne suis pas d'humeur à boire seul. Je remarque, mais je peux me tromper, que vous aussi, vous avez du mauvais temps dans votre existence. »

La dame ne l'écoute pas, elle ne l'entend pas. A quoi bon écouter la misère d'un être lorsque l'on a déjà la sienne à supporter.

Elle tire sur sa clope, passe de manière nonchalante sa main dans ses cheveux qu'éclaire le faisceau d'une lampe posée à côté d'elle.

« Que cette femme est belle. La tristesse qu'elle dégage la rend sublime, je l'aime déjà. »

Du calme mon gars, il nous semble que tu es du genre

cœur d'artichaut. Une femme, une maîtresse qui te largue et déjà, tu chasses la femelle. Il y a des professionnelles du sexe, pour te faire oublier tes déconvenues amoureuses.
Ce n'est peut-être pas le mot qu'il convient, nous dirions plutôt déconvenues obsessionnelles.
Il est vrai que tes tendances à jouer avec ta future partenaire, avec ce corps que tu voudrais déjà mettre dans ton lit, te confèrent ce petit air qui plaît au sexe opposé. Tu donnes envie de les faire venir vers toi, te caresser et s'abandonner à tes mains expertes, mais, car il y a toujours un, mais ton envie, à ce stade de la soirée, n'est pas le plaisir.
Cette envie, est de lui faire payer à elle, à cette désœuvrée, l'affront que tu subis, à la fois de ton épouse et de ta peluche à plaisir.

A cette évocation, des images se bousculent dans ta tête. Tu te retrouves les poignets menottés derrière ton dos, allongé sur cette descente de lit qui te gratte les fesses. Sur ton corps, un filet de miel descend lentement vers l'objet que convoite ta partenaire.
La voilà qui arrive, s'agenouille à ses côtés et, lentement, sa langue creuse un sillon mielleux en sa direction. Tu bandes mon salaud.

Se redressant sur ses talons aiguilles, elle te toise de haut, fait glisser son string le long de ses cuisses, en cherchant d'une main experte, l'origine du monde.

A cet instant, la fille au bout du comptoir, relève sa tête pour apercevoir des gouttes de sueur qui perlent ton front. Un léger regard en direction du pantalon pour voir ce gonflement suspect et comprendre l'origine de cet émoi.

« Il ne faut pas que je m'abandonne à cette image, je ne peux pas y penser, je dois résister à cette envie, ce besoin qui devient pressant de m'avancer vers lui, de lui saisir les testicules et lui procurer du plaisir par la douleur qui va s'en suivre.

Tu vas voir maman, si je refuse le plaisir. Prépare toi l'ami à passer la nuit la plus torride de ton existence. »

S'avançant lentement vers lui, elle commande au barman un whisky sans glace, pose sa main gauche sur la sienne et, de sa main droite, s'aventure sur ce petit monticule qui la fait fantasmer. Elle a osé, elle a balayé tous ses principes qui depuis tant d'années lui refusaient de s'envoyer en l'air.

Elle est déjà dans sa tête, dans son corps de femme

trop longtemps délaissé. Elle est prête à s'abandonner. Lui est surpris, un tantinet effarouché par cette caresse pour le moins inattendue. Bien évidemment qu'il veut aller plus loin, la prendre par la main, l'amener dans l'arrière-salle et vautrer son bide sur sa poitrine.
C'est qu'elle a de beaux seins cette allumeuse avec sa manière de bomber le torse en arrivant vers lui.

De caresses en caresses.
De détresse en détresse.
Les mains de cette déesse
Donnent une envie de prouesse.
Pendant qu'elle refait ses tresses
L'homme regarde la Presse.
Son beau regard de duchesse
Le poignarde avec adresse.

Le barman regarde, avec un peu de jalousie, s'éloigner le couple qui s'est formé. Il n'a d'yeux que pour la fille. Il ne l'a jamais vu, le type non plus d'ailleurs, mais il a comme un pressentiment de malheur.
A chaque fois que c'est arrivé, le lendemain il a eu connaissance d'une mauvaise nouvelle. La dernière en date, a été la mort de son poisson rouge, retrouvait sur

le gravier de l'aquarium, raide sur le dos, a moitié dévoré par les copains d'eau douce.

Il y a un peu plus de deux ans, c'est le décès de son voisin de quartier qui a suivi cette perception bizarre. D'accord, le vieillard avait 90 ans bien sonné et sa mort n'était pas un scoop, mais quand même, il y a de quoi flipper.

« Arrête Jeannot, tu te la " pantailles " grave. Ils vont aller s'envoyer en l'air dans le premier hôtel venu et pendant que tu iras retrouver ta famille poisson, le client de la chambre à côté de la leur, va les maudire de ne pas trouver le sommeil. Les heures qui s'égrènent au son d'orgasmes répétés, ne sont pas faites pour faciliter la venue de Morphée. »

« – Bonjour monsieur, je me présente à vous : Inspecteur Causeur, Brigade criminelle de Nice. C'est bien vous qui étiez de service hier soir à l'heure de la fermeture, d'après votre collègue de jour. Pouvez-vous me parler de la fille qui a quitté l'établissement vers minuit, en compagnie d'un homme.

– Une fille, je dirais plutôt une couguar proche de la cinquantaine, monsieur le policier. On ne peut pas dire que cette poule soit farouche. Vous auriez du voir comment elle lui a chopé sa partie intime en s'approchant de lui.

– Vous pourriez me la décrire, votre couguar. Je

voulais vous dire : il vous faudra parler d'elle au passé, donc : lui avait chopé, elle est morte à deux pâtés de maisons de votre établissement.

    – Je le savais, je l'ai senti, mais cette fois, il ne s'agit pas de mon poisson rouge.

    – Expliquez-vous, je ne vous suis pas avec votre poisson rouge. »

Après avoir entendu les explications de Jeannot, notre vieille connaissance griffonne sur son calepin les réponses du barman qui lui semblent être utiles à son enquête. Finalement, sa fausse carte de police fait l'effet escompté.

Causeur n'est plus fonctionnaire flic ou flic fonctionnaire, à vous de décider. Il a quitté la brigade quelques mois après les meurtres à l'insuline, pour prendre une retraite bien méritée.

Vous connaissez son épouse, toujours à lui demander de faire des travaux dans la maison, de s'occuper du jardin, d'aller aux courses. Après quelques semaines (deux) de réflexion, il est devenu un auxiliaire non déclaré de la police française.

De quoi s'occuper sur le terrain à aider les anciens collègues et avoir une raison de déserter la vie de retraité, façon mari d'une épouse de la Bailline.

Pour être tout à fait franc avec le lecteur, c'est le dernier livre qu'il vient de lire, qui l'a décidé à quitter le commissariat. Son auteur, André MO y décrit un univers pas très reluisant. Un vécut de sa propre expérience, sur une trentaine d'années, qui autorise à penser, que nos policiers ont de plus en plus de mal à faire triompher le bien. Ils doivent se cantonner à des tâches matérielles, un bon respect du code de la route et, ce qui a mon sens est plus grave pour l'avenir, s'expliquer et justifier la légitime défense.

L'unité de la B.A.C. qu'il a intégrée, avant sa retraite, une police de renom (les truands préfèrent être confrontés à eux), n'est pas exempté de ce principe. Ton pays " fout le camp " et cette année 2016 est le reflet de cette constatation, mais revenons au Cours Saleya, plus exactement dans le parking souterrain, là où les fleuristes viennent entreposer l'étalage qu'ils vont présenter aux touristes le lendemain. Ces marchands, de couleurs méditerranéennes, ont des box fermés.

En arrivant face à la porte, Tonin, une légende des bouquets de mimosas, se rend compte que celle-ci a été forcée. Il avance à l'intérieur en s'armant d'une barre de fer, qu'il est allé chercher dans son fourgon. « Porca miseria, c'est quoi ces talons de gonzesse sur le sol. Ils ne pouvaient pas faire leur petite affaire ailleurs que chez moi. L'assurance ne va pas me rembourser ma porte, sous prétexte que mon garage a servi de baisodrome. »

A quatre heures du mat, se retrouvait devant un corps de femme, a demi dévêtu, la poitrine en vedette, il y a de quoi enlever l'envie à Tonin, de penser à la bagatelle.

« Et c'est qui qui va avoir des ennuis aujourd'hui, c'est bibi. »

Une patrouille de police arrive pour sécuriser le périmètre, en attendant l'arrivée des enquêteurs. Pas question de toucher au lieu de l'homicide, les touristes ne verront pas la légende du Cours Saleya et ses bonnes blagues ce matin.

Les autres fleuristes de ce deuxième sous-sol sont mis à la même enseigne. Pas de marché ce matin. Déjà que les affaires ne sont pas florissantes (mot facile) à cette époque de l'année, cela ne va pas arranger la petite troupe qui entoure les policiers et qui devient agressive en paroles.

Les journaux vont pouvoir laisser tomber le chapitre des sports d'hiver sans neige, en ce début de février, pour se focaliser sur la vieille ville niçoise.

Tonin et les siens imaginent déjà la recette grandiose de Rita, la marchande de socca * en face de la préfecture. Sans parler du préfet qui va demander à ce que cette affaire soit rapidement résolue. A deux pas de la Préfecture, on peut dire que ça la " foutra mal " pour le tourisme. Si on ajoute le Carnaval prévu dans deux semaines, c'est la Mairie qui va ruer dans les brancards. Sans parler de la course à la Présidence du pays prévue cette année.

* Spécialité niçoise, faite avec de la farine de pois chiche et de l'eau, que l'on étale sur une plaque. Après cuisson, des portions de socca sont proposées, assaisonnées de poivre.

Le Tueur des cartes postales

2.

De rime en rime
De frime en frime
Vous aimez ce crime
Les fleurs sont sublimes.

La carte postale d'une vue du Marché aux fleurs, sur laquelle ces rimes sont écrites, vient d'être découverte par Causeur, au pied d'une des tables.

« – On ne peut pas dire que le ménage soit fait avant la fermeture, ni à l'ouverture, si j'en crois ce que je viens de découvrir. Vous avez une idée à qui appartient cette carte.

– C'est la table où ils ont pris un dernier verre avant de partir. Je me souviens que le monsieur lui a donné une carte postale et qu'en la lisant, elle lui a demandé s'il était l'auteur de ces vers. Oui, je me souviens, elle a dit ces vers. Elle a ajouté, que c'était beau, mais qu'elle n'en comprenait pas le sens.

— Avez-vous mis vos empruntes sur cette carte ?

— Non, mais le gars non plus, il avait des gants de cuir noir, qu'il n'a jamais enlevés pendant la soirée. »

En rentrant dans son bureau, notre policier a le sentiment que cette histoire ne fait que commencer. La carte postale l'intrigue. Pourquoi ce type a écrit, reste à savoir s'il est bien l'auteur des rimes, et sans empreintes, pas facile d'être affirmatif, pourquoi " de frime en frime ". Les fleurs indiquent le lieu du crime, mais ensuite que faut il en déduire ? " Vous aimez ce crime " ? Dois-je en déduire qu'il y en aura un autre ? Franchement, vous les lecteurs, vous ne m'aidez pas beaucoup. Oui, je sais, c'est moi le flic, c'est à moi que revient l'honneur de découvrir l'assassin. Je me hasarde à vous poser une question qui me taraude l'esprit : vous n'avez pas l'impression que ce malade s'adresse à moi. Qu'il a fait de moi l'un de ses acteurs pour tourner dans son mauvais film ? Vous pensez comme moi ? Alors on n'est pas dans la mouise, je suis heureux que vous m'accompagniez dans ce récit macabre. Comme on dit chez nous : plus on est de fous, plus on rit.

Notre flic bien-aimé nous invite à retourner respirer l'air marin du haut de la colline du château. Là, surplombant la Baie des Anges, il laisse vagabonder son esprit, par-dessus les galets de la Promenade. Rien, aucun indice ou piste qui puisse l'aider à se rapprocher du criminel. Pas même un soupçon qui pourrait l'amener sur une quelconque identité. Pire, il n'arrive pas à se focaliser sur cette affaire. Pour lui, ce n'est pas l'argent le mobile du crime, encore moins une quelconque vengeance ou affaire de drogue. Peut-être faudrait il creuser dans le milieu de la prostitution. Un règlement de comptes pour une parcelle de trottoir, le paiement non effectué d'une amende dans ce milieu.

Personne n'a reconnu la dame, lors des premiers porte-à-porte dans le quartier, à croire qu'elle s'est perdue dans le coin. Souhaitons que le portrait qui va être diffusé aux informations régionales dans la soirée et sa parution dans le Nice-Matin de demain, fasse exploser le standard.

Les deux bras accoudés au parapet face au canon de La Tour Bellanda, surplombant le bord de mer, Causeur plonge sa main dans la poche de sa veste

pour y retirer un papier griffonné. Lentement, il fait la lecture :
De rime en rime
De frime en frime
Vous aimez ce crime
Les fleurs sont sublimes.

« Porca miseria ma da buon. Toi en haut qui me regarde, j'ai le sentiment que tu te moques bien de nous. Tu connais la solution, tu connais celui que je cherche. Alors, per favor, aide-moi, donne-moi un indice, un tout petit de rien du tout, histoire de commencer la chasse à l'homme. »
Quand notre ami mélange le nissarté et l'espagnol, c'est qu'il rame sur son enquête. Sur son téléphone, il cherche la définition de frime : Apparence trompeuse destinée à faire illusion. Après çà, pas de quoi pavoiser, mais en cherchant bien, on peut se poser la question de savoir à ne pas chercher trop loin (destiné à faire illusion), l'individu qui est peut-être près de soi. C'est un peu tiré par les cheveux, mais cela fait passer le temps, n'est ce pas le Monsieur d'en haut.

Déjà deux semaines que le crime a été commis. Pire,

le résultat du portrait de la victime n'a rien donné, si ce n'est l'habituel " Roupa balle " à la recherche d'un quelconque pactole sous forme de récompense. Hélas pour lui et pour la police, ni récompense, ni identité.

« Bonjour, me serait il possible de parler au commissaire qui est en charge de l'affaire du cadavre du marché aux fleurs. Je pense avoir des informations à lui transmettre. »

Branle-bas dans les locaux, la fourmilière s'agite en ne trouvant pas le flic le plus médiatisé du coin.

Lui est tranquillement attablé à la terrasse du café qui fait l'angle, devant une bière. En pénétrant dans les lieux, il se demande le pourquoi d'autant défervescence chez les collègues. Son supérieur arrive à sa hauteur et, se fendant d'un large sourire, lui intime l'ordre de le suivre dans son bureau.

« – Causeur, qu'est ce que vous foutez, on vous cherche partout.

– Pourquoi, nous avons changé de Président de la République ? Il fallait juste vous rendre au coin de la rue et nous aurions siroté une petite bière ensemble.

– Faites-moi grâce de vos sarcasmes cher ami. Un inconnu voulait vous refiler des informations sur l'affaire qui nous préoccupe. A ce sujet, je me demande si j'ai bien fait de vous confier le morceau. Vous n'avez plus vingt ans, vos neurones ont l'air de faire du surplace, incapables de grimper la petite cote de la vérité qui se trouve devant nous.

– Vous avez dit " voulait " j'en conclus que nous avons perdu ce monsieur. Avons-nous un numéro où le joindre ?

– Bien sûr, nous avons son adresse et la taille de son slip. Vous vous foutez de ma gueule ou quoi. Encore une phrase comme celle-là et je vous jure que, dès demain matin, l'école du coin va avoir un nouveau papy trafic.

– Chef, chef, le gars de tout à l'heure vient d'appeler. Il demande si la bière était fraîche et il a raccroché. (le planton de service).

– J'avais raison à la Tour Bellanda l'autre jour, le tueur n'est pas loin. »

Une dame bien mise pousse la porte du commissariat, elle vient signaler la disparition de sa fille, d'une quarantaine d'années. Après une violente dispute _ entre elles où elle lui reprochait de ne pas avoir réussi sa vie de femme, elle a quitté le domicile, sans rien amener et depuis le trou noir. Le fonctionnaire de service lui demande d'attendre dans le couloir, le temps qu'un de ses collègues vienne prendre sa déposition. Il tente de la rassurer avec quelques mots de courtoisie et lui propose, sans grande conviction, de regarder la galerie de portraits de femmes qui pourrait correspondre à sa fille.

Elle pousse un cri à la première photo, reconnaissant celle-ci. Le fonctionnaire accourt vers elle pour en connaître le motif.

« – C'est elle, c'est ma fille. Comment avez-vous fait pour avoir cette photo. Dieu soit loué, vous la connaissez. S'il vous plaît monsieur, dites-moi où elle est, je suis morte d'inquiétude.

– Il va vous falloir patienter quelques instants, un inspecteur va vous recevoir. Suivez-moi, vous allez l'attendre dans son bureau. »
Joignant le geste à la parole, il la précède en direction du bureau de Causeur.

« – Bonjour madame, permettez-moi de faire les présentations, mais avant je voudrais vous poser une question : vous ne lisez pas les journaux, vous ne regardez pas les informations de FR3 ?

– Non monsieur, je laisse ça aux autres, à ceux qui se font une joie de partager les ennuis des gens. Vous croyez que c'est utile pour le moral de savoir qui a fait quoi, qui a tué qui. Pas moi ! Toutes ces guerres, ces attentats me donnent le tournis. En parlant de guerre, je suis de ceux qui pensent qu'il nous en faudrait une bonne, histoire de remettre les pendules à l'heure à toute cette racaille qui prend le tram sans payer, qui vous regarde de travers en vous narguant. C'est simple, je ne me promène plus avec un bijou sur moi, de peur de me le faire arracher. La semaine dernière, Josette a été traînée sur plus de cinquante mètres. Elle n'a pas lâché le sac la Josette et résultat, je suis allé la voir à Pasteur où elle se remet lentement de trois côtes cassées, d'un traumatisme crânien et de quelques dents perdues sur le champ de bataille. Vous voulez que je vous fasse rire : pas un brin de monnaie, pas le moindre billet dans le sac à main, tout dans le soutif la Josette. A quatre-vingts ans, on ne la lui fait pas.

– Je vois que vous n'avez pas froid aux yeux chez les mamies niçoises. J'irais droit au but, nous allons devoir nous rendre à la morgue du centre médico-légal pour une identification. J'ai bien peur que vous y reconnaissiez votre fille. Pendant le trajet nous parlerons de la personnalité de celle-ci, en souhaitant que ce ne soit pas elle. »
Pas de doute, les policiers peuvent maintenant mettre un nom sur la victime du marché aux fleurs. Sa mère

devient un témoin capital dans l'affaire et les enquêteurs diligentent leurs experts en criminalité pour exploiter la chambre de la brune ténébreuse. Il y a un hic dans toute cette histoire, et l'inspecteur qui a repris du service, ballotté entre retraite et service actif, va " tomber le cul parterre " en écoutant les propos qu'à tenus la locataire des lieux.

« – Pas possible, dites-moi que je rêve les yeux ouverts. La victime n'habitait pas avec sa mère. Elle louait depuis un an, un appartement dans l'arrière-pays, du côté de la Bailline. On a son adresse ou pas. ? Je ne le crois pas, toute l'affaire se trouve dans mon village. Je suis maudit.

– Non, il semblerait que mère et fille ne s'aiment pas vraiment. La mère lui reprochait de ne pas avoir stabilisé sa vie, de ne pas avoir de mari, ni de gosses, à bientôt quarante-cinq ans. C'est suite à une altercation sur ce sujet que la victime a claqué la porte en lui disant qu'elle allait la rendre heureuse parce que ce soir, elle va aller se faire " sauter " par le premier mec " baisable " avant de rejoindre son nid. Voila ses dernières paroles. »

Devant ce cadavre que lui présente le légiste, la dame un soupir, non pas de désespoir, bien au contraire. Ce n'est pas celui de sa fille. Le mystère reste entier pour Causeur et pour cette mère, qui venait juste de se faire à cette idée. Mais alors, qui est cette femme disparue et où se trouve la fille de madame.

« Ma fille a une coupe de garçon, bien dégagée sur les oreilles. J'ai pensé que vous aviez diffusé une photo ancienne. Il va falloir vous expliquer cher monsieur le policier. J'attends. »

Des explications, l'enquêteur n'en a aucune. Comme elle, sa conviction d'avancer dans son enquête vient de tomber à l'eau. Pas assez de faire du surplace, il va falloir s'occuper de la disparition de la fille de madame. Deux disparues d'un coup.

Après l'avoir raccompagné dans les locaux et l'avoir confié à un de ses adjoints qui va se charger de son affaire, il retrouve sa voiture pour prendre la direction de l'arrière-pays, où il a donné rendez-vous à un serrurier après avoir pris soin de récupérer le mandat fourni par un juge qui l'autorise à pénétrer dans l'appartement de la victime, qui devient celui de la disparue. C'est compliqué à suivre, mais avec de la volonté, nous allons finir par y arriver.

Premières constatations : pas une seule photo au mur où sur un meuble. Rien ne traîne, tout est à la bonne

place. A croire que les lieux ne sont pas habités.
Le serrurier en fait la remarque au policier, mais en
pénétrant dans la chambre les deux hommes ont le
regard attiré en direction de la table de nuit d'où
dépasse un petit carnet à spirales.
Causeur s'en empare aussitôt pour y feuilleter les
pages qui s'offrent à lui. A première vue rien
d'exploitable pour son enquête, le carnet disparaît
dans sa poche.
« Alors commissaire, vous venez de trouver votre
bonheur ? »
Pas de réponse. Après quelques photos à l'aide de son
portable, la porte est refermée à sa demande par le
serrurier. Le mystère reste entier.
« – Comment s'est passé ta journée mon chérie. Tu
ne t'es pas ennuyé, j'espère. Je peux te dire que la
mienne c'est déroulé cool de chez cool.
    – Tu en as de la chance, pour ma part, c'est une
journée de merde.
    – Tu m'intrigues chaque fois que tu parles ainsi.
Viens me raconter, je te prépare un petit apéro avant.
J'ai une surprise pour toi, je me suis offert, normal, toi
tu ne penses jamais à le faire, un petit déshabillé dont
tu vas me dire des nouvelles. Donne-moi quelques
minutes et je reviens avec deux verres et ma petite
tenue. Rien que d'en parler, j'ai envie de faire l'amour

sur le canapé. Je te laisses là, je suis bientôt à toi.

– Ne me fais pas languir de trop, je commence à imaginer ton corps qui s'offre à moi. »

La matinée qui suit cette nouvelle nuit d'amour, n'a rien d'extraordinaire. L'épouse est déjà partie à son réveil et le voilà devant son café à ruminer sur la suite à donner aux révélations de la veille. En attendant de se décider, il allume la télévision pour y retrouver la chronique électorale qui parle de la campagne présidentielle.

C'est toujours la même rengaine, la même soupe que les médias offrent en pâture aux futurs électeurs, sauf que cette année s'est assez gratinée. Les affaires au sujets des candidats à nos suffrages se chevauchent de tous bords. A croire que nous allons devoir élire le représentant le plus ou le moins mafieux de la liste. Causeur a autre chose à faire que d'écouter toutes les complaintes transformées depuis quelque temps en rengaines. Il songe, comble pour un fonctionnaire de police, à ne pas aller voter ou voter blanc.

Il ne le fera pas, car une telle absence serait remarquée, mais pour la couleur du bulletin ?

D'un geste rageur, il zappe sur la chaîne des dessins animés pour y retrouver la chanson du moment :

libéré, délivré (la Reine des Neige). Il aimerait bien se l'appliquer à lui cette phrase.

En sortant de chez lui, il se rend dans la villa où se trouve l'appartement de plein-pied de la disparue, qui donne sur un jardin sur lequel on peut y voir de grosses jarres contenant des oliviers et autres espèces (pas très jardinier le gars). Il stoppe la voiture et s'en va dire bonjour aux collègues gendarmes, a qui on a confié le soin de résoudre l'énigme afin de ne pas procurer une quelconque interférence entre les deux affaires. Il ne reconnaît plus aucune des personnes en bleu qui se trouvent sur le devant de l'entrée. Il doit même présenter ses papiers,sa carte tricolore, pour se mêler à eux. L'auxiliaire de police qu'il est devenu depuis sa retraite officielle, ne l'autorise pas à faire état d'une telle carte, mais connaissant le loustic, il a bidonné un document dont il est assez fier pour faire croire, en l'exhibant de loin, qu'elle est vrai. L'avantage de faire partie de la maison poulaga sans l'être lui confère le droit de mener son enquête à sa guise, sans rendre de compte en chemin. Seul le résultat final importe, la contrepartie étant de ne pas recevoir les honneurs. Comme l'envie d'avoir la Légion d'honneur lui fait de belles gambettes, vous devinez la suite …

Il a beau chercher dans toutes ses connaissances avouées ou pas, faire le tour des sorties de prison qu'il a eu le bonheur de coffrer, RIEN !

En arrivant dans le couloir qui mène à son bureau, il reconnaît la voix qui s'échappe de la cellule de dégrisement. Une intonation féminine, pleine de malice et de bons mots du cru. Il va à la rencontre de l'oiseau en cage pour s'assurer de son intuition.

Bingo, c'est bien Josette, la copine qui fourre tout dans son soutien-gorge lorsqu'elle sort en ville. Elle raconte depuis plus de deux heures, au planton de service, être tombé dans une embuscade. Une de ces ratatouilles dans le bar de la place Rossetti, qu'un mec ne supporterait pas. Alors une jeunette de quatre-vingts ans …

« Hé, bonjour mon sauveur, ma copine ne s'est pas trompé en vous décrivant. Je me laisserais bien séduire et plus si affinités beau ténébreux. »

Parlons en des ténèbres. Il nage en plein dedans notre héros de l'ancien temps. Le bruit à vite fait le tour des bureaux, la rumeur s'amplifie. C'est officiel, l'ancien a eu une amourette avec la Josette. Pire, ils se sont saoulés ensemble et c'est lui, en gentleman, qui l'a déposé devant la porte où la brave dame a été retrouvé. S'en est fini de sa réputation, il ne manque plus que cette histoire monte en haut de la vallée, fasse le tour du village, arrive aux oreilles de qui vous savez et notre ami ira passer plusieurs nuits en compagnie de sa chienne dans le salon. Rumeur quand tu nous tiens, rien ne t'arrêtes.

« – Approche mon chéri d'amour, je t'échange un secret contre un béco sur mes chastes lèvres. Je suis vieille, mais c'est toujours bon de se faire mouiller la tirelire. Allez viens, ne soit pas timide. Tu ne vas pas le regretter.

– Madame, je trouve vos manières déplacées, à la limite de la vulgarité. Je ne céderais pas à ce chantage sexuel.

– " Ma da buon " chantage sexuel. Pauvre pitchoun Je ne sais pas de quoi tu me parles, mais j'accepte le compliment d'avoir des lèvres sexuelles.
Après tout, c'est toi l'enquêteur. Je vais me faire une sieste sur le dos de l'administration. Baièta.

– Vous avez gagné, après tout le deal peut-être de qualité. »

La suite va donner raison à la police. Vous allez savoir dans quelques lignes l'étonnante révélation que va apprendre notre ami.

Le Tueur des cartes postales

3.

Le dossier de la trucidée du marché aux fleurs est grand ouvert sur son bureau. Il compare deux photos représentant le visage de deux femmes pour le moins ressemblantes, si on ne tient pas compte de la coupe des cheveux. Il est évident qu'avoir de longs cheveux ou une coupe à la garçon, ce n'est pas fait pour arranger la comparaison. Il a demandé à l'expert du portrait robot de la brigade, de lui faire un calque des deux personnages. C'est le moment que choisit le dessinateur pour apparaître sur le pas de la porte.
« – Je ne vous dérange pas trop longtemps. Je viens de terminer votre demande et je vous apporte mes dessins.

   – Merci, posez-les sur le coin du bureau, je vais m'en occuper. »

S'agissant aussi de votre enquête, amis lecteurs, je vous pose la question qui découle de ce récit, à ce moment précis de notre histoire : qui sont ces deux femmes en photo, d'où vient la raison d'avoir fait faire ces calques ? Vous le saurez après la pub.

Sa dulcinée vient de lui téléphoner en demandant des explications sur la relation avec sa maîtresse Josette. Elle comprend mieux les soirs où il préfère dormir sur Nice au lieu de la rejoindre à la maison. C'est la tuile, la cata, la mouise. Bref, c'est la merde. Il va falloir monter vite fait la vallée, tenter un semblant de vérité et se servir des calques pour expliquer cet inconvénient qui vient de faire éruption dans son couple. A moins que cette histoire serve de prétexte pour des retrouvailles torrides (ou presque). Ce n'est pas la première fois que l'épouse utilise un stratagème dans ce but.

Rassurez-vous madame, votre mari vous aime toujours autant, ce ne sont pas les attributs de dame Josette qui vont vous faire de l'ombre. Sa vie a été dense en émotions diverses, elle a connu des amours de prestige. Un duc a été son compagnon durant vingt ans et un jour il est parti, sans tambour ni trompette, la laissant seule avec son jeunot. Devenu majeur, il

a fait comme son père, en demandant le solde d'un plan d'épargne dont il était le titulaire et hop, disparut de la circulation le petit devenu grand. A vrai dire, vu la ressemblance flagrante entre le géniteur et sa progéniture, elle a décidé de les mettre dans la même case de sa mémoire et de fermer le couvercle.
« Bande de cons, allez vous faire foutre en enfer. » A croire que cette solution était la bonne. Plus de quarante ans sont passés et pas une miette de souvenir ou de présence n'est venu troubler le sommeil de dame Josette. La révélation de la vieille dame n'est pas véritablement un scoop, mais quand même. Je vous laisse juge avec l'épouse de monsieur.

Deux jumelles sont nées un soir de pluie (Cosette se mêle au récit imaginaire). A cette époque, bon nombre d'enfants se sont volatilisés dans les maternités de la Côte d'Azur. De riches bourgeoises de la société, pour la plupart des ressortissantes venues de Russie, incapables de procréer, ont payé rubis sur ongle, la livraison à domicile d'enfants illégitimes à leur chair. Un mode de service en ligne avant l'arrivée de l'internet. Il suffisait à la future mère d'apparaître dans quelques sorties officielles, le ventre arrondi par un coussin, puis de repartir bien à l'abri des regards

indiscrets vers la résidence familiale, nichée
entre les pins maritimes et l'odeur marine, pour y
pouponner une grossesse fictive, en prenant soin de
ne pas être mise en boîte par un des paparazzis de la
people mania. Dure situation à gérer avec un coussin
sur le bide, vous ne trouvez pas. Je vous encourage à
plaindre cette vie monacale, à l'opposé de l'image
d'une étable, qui nous poursuit depuis le catéchisme.
Les journaux en ont fait les gros titres et leurs
propriétaires, en l'absence de scrupules, se sont
remplis les poches. Ainsi va la vie, le malheur des uns
faisant le bonheur des autres.
Vous l'avez deviné, les deux femmes de notre
aventure sont des jumelles représentées par les
calques qui se trouvent devant les yeux de l'épouse
jalouse. Le scandale des disparitions ayant été étouffé
par le gouvernement du moment, qui ne souhaitait pas
faire ombrage à la jet-set niçoise, pour cause de
tourisme naissant. Moyennant une forte somme
d'argent, le silence de la véritable mère fut acheté et la
direction de la maternité, qui en passant profita des
largesses gouvernementales, déclara la perte
insurmontable de l'enfant mort-né, ne laissant sur les
registres de l'Etat civil qu'un seul prénom. Voila
pourquoi, ne souhaitant vraiment pas faire ressurgir
cet épisode douloureux, mais surtout indéfendable de

nos jours, la maman de la trucidée du marché aux fleurs, a déclaré ne pas reconnaître le corps qui se trouvait devant elle à la morgue. A son corps défendant, elle n'a pas fait le rapprochement que la morte pouvait être sa seconde fille. La coupe de cheveux a fait son œuvre. Mais pour causeur, l'idée a germée, suite à la confidence de son amie Josette, de se procurer un exemplaire de la photo et de découper les cheveux de la trucidée du marché aux fleurs. Vous connaissez la suite. Pour ne pas déroger à sa réputation d'empêcheur de tourner en rond, il se garde bien de communiquer information et nouvelle photo à ses camarades gendarmes, ni à ses collègues de Nice. Il se promène dans les environs de la Bailline en montrant aux personnes rencontrées sa photo, dans l'espoir de trouver un début de connaissance de voisinage.

Ne croyez pas qu'il a perdu de vue la mère des jumelles. Elle vient d'arriver dans les locaux de la police, tenant à la main une convocation pour 15 heures et les trois coups d'horloge viennent de raisonner au clocher du Palais de Justice de l'autre côté de la place.
« – Bonjour madame, asseyez-vous.

– Vous avez du nouveau monsieur le policier. Vous venez de retrouver ma fille ?

– En quelque sorte, vous ne croyez pas si bien dire.

– Vous m'intriquez monsieur, elle est vivante, je peux la voir. Vous me semblez bien mystérieux.

– Question mystère, Chère madame, je. ne suis pas loin de vous décerner l'oscar de la catégorie. Et si on parlait de vos jumelles. De la somme d'argent que vous avez reçu du gouvernement de l'époque. Parlons aussi de votre silence.

– " Ma porca puttana" cette Josette. Ma langue au chat que s'est elle qui vous a raconté ces fadasseries.

– Ne jouons pas au chat et à la souris, nous avons tous les deux passés l'âge de le faire. Il y a prescription, mais si vous insistez, alors je trouverais un moyen de faire réouvrir le dossier. Je connais un juge d'instruction qui est friand de ces situations, disons, scabreuses et passionnantes. La balle est dans votre camp. »

Tout ce que vous venez de lire est confirmé lors de cette audition. Les jumelles, l'épisode de la disparition et la complicité de tous, l'éloignement, etc, etc … En voyant la photo aux cheveux courts, elle reconnaît sa fille. Nous venons de mettre à jour l'identité de l'occupante de La Bailline, la sœur jumelle du meurtre du marché aux fleurs de Nice, en échange de notre discrétion sur l'existence d'une jumelle.

Nous nous engageons à tenir notre parole, tant que faire se peut, mais il est certain que si l'enquête dérape du côté obscur de la Force (nous sommes fans de cinéma), nous chargerons la mule de la vérité.

Le Tueur des cartes postales

4.

« – Bonjour monsieur le commissaire, comment
allez-vous en cette fin de matinée ? Avez-vous des
nouvelles de votre meurtrier des fleurs ? Coriace le
gars, vous ne trouvez pas. Je vous suggère de
surveiller le facteur demain matin. Bonne journée
mon ami, je dois me résoudre à vous quitter, car je
vois tous vos petits camarades qui se bousculent dans
le couloir. Avez-vous réussi à me localiser, non.
Une prochaine fois peut-être. Au revoir monsieur
le commissaire.

– Je ne suis pas commissaire, vous le savez très
bien. Pourquoi plutôt ne pas me dire où nous
pourrions nous rencontrer. Cela serait plus instructif.
Causeur a compris que l'interlocuteur bluffe, il n'y a
pas âme qui vive dans le couloir. La question est de
savoir qui lui a donné son portable. Il a maintenant la

certitude de le connaître, son intuition de policier ne peut pas le tromper. Il faut élargir le champ des recherches.

Non, c'est la solution inverse qu'il faut privilégier, lui susurre sa bonne étoile qui vient de se pointer. Une petite promenade avant le déjeuner va lui faire du bien et lui permettre de faire le ménage dans sa tête. L'un des restaurants du coin propose sur sa carte un osso-bucco dans la tradition niçoise, accompagné de pâtes fraîches. Impossible de résister à l'appel du ventre, même si on est diabétique. Il faudra veiller à ne pas en redemander ensuite et si possible se faire violence pour refuser le café gourmand qui clôture le menu. Un petit tour sur la Promenade en direction des chaises bleues qui ont fait la réputation de l'endroit dans les revues touristiques, et nous le retrouvons installé sur l'une d'elles, laissant son esprit vagabonder en direction des montagnes de la Suisse niçoise. Il adore ces coins de verdure où le torrent coule entre les arbres en sursautant de rochers en rochers, prêt à bondir sur le premier pont de bois qui viendra à sa rencontre, tel un chat jouant avec une pelote de laine.

Il se trouve bien au milieu des montagnes de la Vésubie. Il resterait bien jusqu'à la tombée du soleil, mais cette affaire le ronge de l'intérieur : il en est

persuadé, ce meurtrier qui lui tient tête est l'une de ses
connaissances. « Vierja santa, il va bien finir par
faire une erreur ce salaud. »
Le matin qui suit, on peut dire que le facteur a bien
fait les choses en lui apportant une enveloppe timbrée
avec à l'intérieur la carte postale promise. Au verso,
les mots coulent le long de sa main.
En ce midi d'amour
Quand le ciel se fait jour
Deviens mon troubadour
A la croix creuse autour.

La vue qu'il a posée sur son bureau le laisse perplexe,
il vient de reconnaître les environs de Notre-dame de
Fenestre, à quelques kilomètres du village de St-
Martin-vésubie, mais de croix il y en a point sur la
missive.
Si, pour résoudre l'énigme, il lui faut recenser les
croix de la région, on n'a pas finit de se poser des
questions. Il ne reste plus au policier qu'à attendre
midi, comme le mentionnent les rimes qu'il vient de
découvrir. Onze heures sonnent à sa montre, dans une
heure il sera fixé. Pour le moment pas la peine de
mettre en branle les effectifs, ni de cogiter. Une bonne
bière l'attend au troquet du coin. Et le lecteur il en

pense quoi de cette situation, il nous accompagne au bistrot ?

Comme esprit tordu, il se pose là notre assassin à rébus. Jugez-vous même :

« Le cèdre est allé poser la croix au plus haut de chez nous. Pas très loin de son pied une dame attend sa délivrance. Reposes en paix madame, bientôt tu redescendras dans la vallée. »

Des lettres sorties de la littérature des faits d'hiver, que l'individu a collé minutieusement de travers, s'étalent sur une feuille de cahier à petits carreaux. Ainsi va la vie, s'interroge Causeur. Pour ne pas être en reste une nouvelle carte postale est jointe à l'intérieur de la grosse enveloppe marron qui a été transmise par un coursier. Le jeune homme a vite fait de détaler une fois sa mission accomplie. La vue est aussitôt reconnue par notre policier : le Gélas y est représenté. Toute la vallée a connaissance des lieux remplis d'anecdotes, mais pourquoi cette vue ? Notre assassin n'a pas l'intention de nous attirer vers les cimes avoisinantes.

« Tout le monde sur le pont, un bon point à celui qui résoudra cette énigme morbide. »

N'oublions pas ces rimes qui font partie du puzzle,

que nous trouvons, bien en place à côté du rébus.
En ce midi d'amour
Quand le ciel se fait jour
Deviens mon troubadour
A la croix creuse autour.
Le cèdre est allé poser la croix au plus haut de chez
nous. Pas très loin de son pied une dame attend sa
délivrance. Reposes en paix madame, bientôt tu
redescendras dans la vallée. »

Si avec cette composition d'énigmes, nos policiers
n'ont pas mal à la tête de retour à leur domicile dans
la soirée … Dans tous les cas, s'il y en a un qui est
certain de faire le coup de la migraine à son épouse en
arrivant chez lui, ne cherchez pas ailleurs, vous venez
de le trouver.
Les neurones tournent à fond dans l'équipe à Jojo. Les
uns qui pensent qu'il faut monter au Sanctuaire de La
Madone sans attendre, les autres qui, en interprétant
la phrase de midi, pensent le contraire. Pas certain
que ceux-là voient d'un bon œil la petite virée qui les
attends dans la montagne.
« – Réfléchissons tous ensemble. L'un de vous a une
solution à nous proposer, autre que le Sanctuaire ou
d'aller se promener en haute montagne ?

– Perso je pense que le départ de l'énigme se trouve là-bas. Je ne vois pas pourquoi nous aurions reçu cette vue dans le cas contraire. Nous avons eu les écrits à midi et il y a une croix dans les parages. Il ne nous reste plus qu'à monter et fouiller autour de la croix.

– C'est trop facile. Que vient foutre le cèdre dans l'histoire.

– La statue de la vierge est en cèdre du Liban, ceci explique cela mon cher Causeur. Pour le reste, je ne vois pas.

– Et le Gélas, on en fait un lieu de pèlerinage ou vous préférez une descente aux flambeaux depuis sa cime.

J'ai le sentiment que cette carte n'est pas complète. Il faut faire appel à un commerce de Presse et la lui envoyer par mail, en lui demandant de vérifier sur son présentoir si sa jumelle existe. Nous devons essayer de retrouver le coursier en faisant de lui un portrait-robot. Je pense qu'en voyant sa tronche dans le journal où les réseaux sociaux, il va rappliquer à notre porte. Mettez-lui la pression avec un texte ambigu sur sa participation à un meurtre que nous devons élucider.

Une équipe va se rendre au Sanctuaire, deux gars vont s'atteler à retrouver la carte postale d'origine en contactant Lantosque, Roquebillière et Saint-martin, là où des vues de la région sont en vente. Je vais me faire un café, quelqu'un en veut un ?

– Chef, ce n'est pas pour vous contrarier, mais un repas vite avalé au bistrot du coin, serait à mon sens une meilleure proposition.

– Mon gars, je suis de ton avis à condition que chacun paye sa part. La dernière fois je me suis fait avoir, alors maintenant, je préfère annoncer la couleur. Sinon, vous avez droit au sketch de l'addition. Qui m'aime me suive. »

Il a eu du flair le presque retraité de la police, avec la carte postale. Le Tabac-presse de Lantosque vient de lui faire passer l'original de la photo.

Pour vous aider dans votre recherche personnelle de la vérité, voici celle-ci.

Parc du Mercantour   Cime du Gélas

Alors, quelles sont vos conclusions ?
La vierge sur notre carte est manquante. Reste à trouver pourquoi et nos enquêteurs ne savent pas à quels saints se vouer, (trop facile), en cet instant. Et vous ?

La question qui se pose dans l'immédiat est de connaître la raison de l'absence de la vierge du Gélas qui se trouve au sommet. Il va falloir désigner ceux qui vont avoir la chance d'aller retrouver la statue en bois d'olivier et faire de la concurrence à Victor de Cessole qui réalisa la première hivernale en 1894.

L'originalité du lieu où elle se tient en a fait une star de la Vésubie. Mais qui a eu cette idée de lui élire domicile à plus de 3143 m en l'été 2004, c'est son sculpteur Louis Paul Martin qui, avec l'aide de quelques amis, l'avaient monté en procession jusqu'au sommet. Cela vous dirait de grimper jusqu'à la cime de notre Mercantour, moi perso, avec mes ennuis de diabétique je ne vais pas tenter le diable. Avant de désigner les montagnards de corvée, essayons de comprendre.

    – Monsieur, et si on voudrait nous expliquer que la vierge a été volée. Pas celle de la Madone, mais du Gélas. Peut-être que vous devriez envoyer du monde pour vérifier.

    – Tu as quel âge mon gars, 30 ans, 40 ans. Je suis persuadé que tu es un sportif méritant et que la montagne n'a pas de secret pour toi. Prends deux hommes avec toi et demain à la première heure vous vous lancez dans l'aventure. Prenez de quoi creuser car si on se base sur les écrits, il y a des chances de retrouver un corps de femme (Le cèdre est allé poser la croix au plus haut de chez nous. Pas très loin de son pied une dame attend sa délivrance. Reposes en paix madame, bientôt tu redescendras dans la vallée). Si on se base sur " à la croix creuse autour " nous ne devons pas être loin de notre énigme. Si c'est ça, je

dirais qu'il n'est pas très " fut fut " le monsieur.
Demain nous serons fixés.

« Putain de métier de merde, j'ai failli dévaler la
pente. Dès que je rentre au bercail, je demande ma
mutation. Complètement dingue ce Causeur, en plus
je doute de ses capacités à conduire une enquête aussi
tordue. On court derrière un type ou une débile, qui
nous balade, de lieux en lieux, avec des cartes
postales trafiquées. Le métier se perd, avant on jouait
aux gendarmes et aux voleurs, maintenant on fait
dans les followeurs, le virtuel et la randonnée. Je vous
le redis : Putain de métier "
Il faut avouer que la montée du plus haut sommet de
la région n'est pas chose facile, mais comme il est dit
dans Astérix : engagez-vous, vous verrez du pays.

La vue est superbe, des marmottes nous tiennent
compagnie de loin, tout comme une bande de
bouquetins qui se demandent le motif de notre
présence sur ce terrain de jeux. Après avoir passé plus
de quatre heures à fouiller les alentours de la croix,
nos gendarmes doivent se rendre à l'évidence : point
de cadavre à l'horizon, ni aux pieds de la statue.

Aurions-nous à faire à un plaisantin qui s'est pris
d'affection pour les cimes du Mercantour. Et le chef
qui va, à n'en pas douter, demandait à une autre
équipe de retourner voir, après le compte-rendu
négatif qui va lui être fait au retour.
Bingo, une nouvelle équipe vient de se former pour
aller creuser autour de la statue. Il ferait mieux de se
creuser les méninges le chef et laisser tranquille les
hommes qui composent son équipe.
Elle commence à devenir conséquente. Le grand
patron voit d'un mauvais œil cette prolifération
d'uniformes autour de l'enquête. Pendant ce temps, la
vente des PV est en chute libre. Le directeur de
cabinet du sinistre de l'intérieur va appeler, il va
falloir trouver une excuse valable. Le grand patron
déteste ces marchandages, en plus il aime bien, quoi
qu'il en dise son détective. Approchez, je vais vous
faire une confidence : il est amoureux de la femme à
Causeur. Depuis que la sienne l'a quitté, il chasse la
femelle, selon son expression favorite.
Dégoûté, notre policier regagne son domicile pour y
retrouver son épouse.
« – Tu sais ma chérie, je crois que le grand patron est
amoureux de toi. Je n'ai pas l'intention de lui donner
celle que j'aime. Je vais te faire couler un bain,
ensuite nous ferons l'amour avant d'aller au

restaurant. Que penses-tu de ce programme, il te conviens.

– Mon chéri, pour commencer, je peux décider seule de mon avenir amoureux. Je suis assez grande pour repousser ses avances, d'ailleurs, je vais te faire une confidence : ton grand patron, comme tu le nommes, a déjà fait des approches, comment vous dites dans la police déjà, des tentatives d'intimidation, c'est ça ? Peine perdue, je n'ai besoin de rien au rayon des fantasmes, j'ai ce qu'il faut chez moi. Dépêches toi de faire couler ce bain. »

Oubliez la sortie nocturne, madame s'est endormie, satisfaite de son époux. Il se dirige vers le salon, en profite pour donner une caresse à sa chienne qui somnole et se penche sur une feuille où il est écrit :
" Le cèdre est allé poser la croix au plus haut de chez nous. Pas très loin de son pied une dame attend sa délivrance. Reposes en paix madame, bientôt tu redescendras dans la vallée. "

Il a beau tourner, retourner dans tous les sens les phrases, rien ne fait tilt.

« Pourquoi aucun cadavre ne se trouve sur le Gélas. J'ai raté un épisode, je me fais vieux … Pourquoi ? Je veux bien que le, ou la criminelle est l'esprit tordu, mais quand même. »

Il est trois heures du matin quand la dernière phrase, à peine lisible, tant il s'est acharné à faire des croquis sur la feuille pour calmer cette envie de tout foutre en l'air, lui saute aux yeux. Bon sang, mais c'est bien sûr , comme le dirait, il y a quelques décennies, un célèbre commissaire de la télévision.

Il ne peut pas y avoir de cadavre en haut de la montagne : la dame qui a été tuée est, ou va redescendre dans la vallée. Il faut chercher une dame qui aurait disparu ces dernières semaines dans un périmètre de x kilomètres du Gelas.

« – Allô, Monsieur le supérieur, je crois que je viens d'avoir une piste

– Comment. Vous avez vu l'heure mon cher ami. Vous pensez que votre piste vaut la peine de me réveiller. Il n'est pas loin de quatre heures, vous êtes insomniaque ou quoi. Avec une épouse aussi belle et croquante à souhaits, vous n'avez rien d'autre à faire, excusez-moi l'expression, que de faire chier les gens qui dorment.

– Je sens à votre voix que vous êtes passablement énervé. Je vais suivre votre conseil et je vais aller retrouver ma dulcinée. Bonne nuit chef. »

La chance est avec lui ce matin, il vient de trouver pile une place à côté du bureau. En entrant, il regarde si la voie est libre. Il n'a pas très envie de croiser le big boss après le dialogue nocturne. Il pousse un ouf de soulagement en apprenant que celui-ci s'est absenté trois jours pour raison de santé.

« Pas la peine de partir crapahuter dans la montagne, nous ne trouverons rien. Nous allons demander à la Police Scientifique d'aller inspecter les lieux. Pas la peine de polluer le périmètre, nous éviterons de nous faire engueuler. Que quelqu'un se charge de faire passer cette demande selon la voie hiérarchique, moi je vais me " taper un kaoua " je n'ai pas beaucoup dormi cette nuit. J'en connais un autre !

Bientôt un an que notre ami de la police a fait chou blanc dans sa recherche de la vérité sur le tueur aux cartes postales.

La vie continue, comme il aime à dire à son entourage. En ce moment, il cherche à résoudre un problème de drogue dans l'arrière-pays, sur les hauteurs de Menton. Il travaille en collaboration avec les services de douanes qui, de temps en temps, décident de faire une soirée maillage. La pêche a été bonne, un vendredi de la semaine dernière, en alpaguant un dealer de bonne renommée qui squatte dans la cité qui se trouve sous le cimetière de l'Aria. Mais voilà, nos fonctionnaires veulent se servir du dealer pour mettre à jour le réseau. Comme il faut du monde pour filocher tous ces gens, ils ont fait appel à d'autres et ils ont hérité de Causeur.

Trois nuits à se faire suer dans une bagnole banalisée sans la moindre nouvelle venue de l'appartement surveillé, alors quand son supérieur lui fait part qu'il va devoir laisser la place, pour ne pas être repéré, à un " copain " il ne se fait pas prier pour prendre la direction de la Bailline. Chance, son épouse a son week-end.

Les voilà, main dans la main, au milieu des stands présents à la journée des dons, qui vient de prendre possession du village. Après avoir pris le temps de se promener dans les rues du village, comme deux collégiens en quête d'un nid, ils décident de se rendre au restaurant de la place pour y dîner.

Le patron est dans sa cuisine, Véro, son épouse, tend la carte à monsieur, tout en leur offrant l'apéritif.

« – Au diable le diabète, tu me donnes la carte des pizzas, s'il te plaît. Pas trop fatigué de cette journée avec les clients à midi ?

– Nous avons eu un peu de monde, mais la journée n'est pas encore terminée. Déjà, nous n'avons pas à nous plaindre, nous avons fait la recette. Maintenant, c'est tout bonus.

– Allons-y pour une quatre-saisons, et toi ma chérie, tu as choisi.

– Je ne veux pas m'ingérer dans votre soirée, mais il y a des nouvelles du tueur des cartes postales ou bien vous avez abandonné l'affaire. On n'en entend plus parler.

– Elle n'est pas au placard, mais pas loin. Depuis presque un an, pas de son, pas de lumière. Les résultats des divers services n'ont rien donné de positif, la recherche ADN c'est pareil. Alors, en attendant du nouveau, nous sommes passé à autre chose. Du moins en ce qui me concerne, je n'ai pratiquement plus accès à l'enquête, le chef dit qu'il faut laisser la jeunesse se faire les crocs.

– Je prends la commande de ton épouse, vous voulez du vin avec le repas. »

Elle voudrait bien danser sur des airs de disco offert par le DJ sur la place, seulement voilà, l'ami Causeur n'est pas très inspiré à se trémousser devant ces dames. Elles sont toujours en pleine forme, malgré les rhumatismes, pour se transformer en tailleuses de costumes. Conclusion : madame va se rendre seule au centre de la piste, sous le regard de certains envieux, qui échangeraient bien un joli pactole contre un moment en sa charmante compagnie. Comme le dit son mari : vous pouvez toujours rester dans vos rêves, à moi la réalité. Sacré Causeur !

La bonne nouvelle du lundi, c'est que les collègues ont serrés les trafiquants de drogue, en plein flagrant délit. 30 kg de substance et 200 000 milles euros. Le sourire est de mise.

Le Tueur des cartes postales

5.

Champagne offert par Monsieur le Préfet, preuve que l'on sait recevoir en haut lieu. Plus encore, nos enquêteurs vont avoir droit à une soirée de réception dans les jardins de l'Hôtel de ville, en présence du Maire. Il faut dire que se faire un peu de publicité par les temps qui courent, va faire du bien à la politique locale. Ne nous étendons pas sur ce sujet, où il y a tellement de choses à dire. Ne cherchons le bâton pour nous faire battre. N'est-ce pas monsieur le futur retraité. Cette fois, il a promis à son épouse de mettre un terme définitif à sa carrière de fin limier en fin d'année. Ensuite, en continuant dans les promesses, trois semaines de vacances en Corse, du côté de Sartène, là où se trouve une famille d'amis fidèles qui n'attend que ce moment.
A nous farniente sur le port, petit resto sympathique et pêche miraculeuse, sans oublier le Casanis.

C'était sans compter sur son ami, fervent collectionneur de cartes postales qui ne va pas tarder à faire surface.

Nous voici dans le hall de la mairie, nœud papillon pour monsieur, escarpins vernis pour madame. Le regard des autres hommes sur son épouse le laisse indifférent. Comme pour les narguer, il lui prend la main, tout en caressant sa croupe, manière de faire comprendre à ces messieurs qu'il est l'heureux bénéficiaire de ses faveurs. Un planton s'approche du couple, il a dans sa main une enveloppe grise, qu'il donne à Causeur.

« – Bonsoir, monsieur Causeur je pense. Vu la description qui m'a été faite, je ne risque pas de me tromper. Vous êtes bien cette personne ?

– Oui, c'est moi.

– Donc, cette enveloppe est pour vous.

– Qui vous a missionné. D'où venez-vous.

– Je fais parti du personnel et pour répondre par avance à vos questions que je sens arriver, cela fait plus de dix ans que je suis employé ici, je suis divorcé sans enfant, de nationalité française avec des parents originaires de Lyon. Je pense avoir répondu à votre attente. Puis-je regagner la réception, mon travail

n'est pas terminé. Au fait, voulez-vous un verre ?
Votre dame peut-être.

Il en veut à lui, le flic au bout du rouleau, qui ne rêve
que de tranquillité et de farniente. En ouvrant
l'enveloppe, son cœur semble chavirer. La pâleur de
son visage en dit long sur le message que vient de lui
faire passer le tueur. Il en est persuadé, c'est ce
charognard qui le poursuit, si proche de sa retraite.
« Ce n'est pas possible, je le croyais enfoui dans ma
mémoire. Je sais, ce n'est pas glorieux de quitter le
métier sur un échec, mais la jeunesse avec les moyens
sophistiqués qui apparaissent, elle finira par le
trouver ce malade. Putain, je vais m'occuper de toi

dès demain. Je vais remuer ciel et terre, mais je vais te trouver mon gars. Neuf mois, le temps d'un accouchement, pour refaire parler de lui. »
Pas question de se priver de la soirée, ses collègues ont bien mérité cet honneur. La carte, contrairement à l'habitude, ne comporte pas de rimes, juste le dessin d'une montagne avec ce qui semble être le dessin d'une rivière qui serpente sur son flanc. Elle se termine devant une maison avec un gros point noir. L'image de la carte est celle de la retenue d'eau qui se trouve à mi-chemin entre Rimiez et la source de la Vésubie au Massif de l'Argentera.
Elle parcourt 45 km et traverse 8 communes, l'enquêteur ne voit pas le rapprochement entre les meurtres et sa connaissance de la rivière. Pour tout vous dire, nous non plus, mais nous ne sommes pas de la police, et puis, au diable la décence, place à la fête.

Heureusement que madame à le permis, ce n'est pas Causeur qui va prendre le volant, ces enfoirés de collègues se chargeraient bien de l'épingler à leur tableau de chasse.
« – Vous êtes dans un drôle d'état mon cher. Permettez-moi de raccompagner votre épouse chez

elle, pendant que vous irez cuver votre trop-plein dans une des chambres mises à disposition pour les invités qui ne supportent pas la boisson.

    – Je ne vais pas vous laisser cette corvée, mon chef adoré. Il est malin le bougre, n'est-ce pas ma chérie. Monsieur voudrait te ramener chez nous et te border avant de partir. Et plus si affinités. Ecoutes moi bien chef de mes deux, si tu touches à un seul sein de ma chérie, je fais de toi une dinde truffée au plomb. Compris !

Tu ne serais pas mal en dinde, mais je te verrais plus en hippopotame à tutu, dansant sur un air d'opéra. Tu sais comme dans Fantasia avec Mickey. Tu m'en fais un drôle de Mickey. Tu as de la chance que je sois de bonne humeur, servons-nous un verre, si tu bois cul sec je te pardonne, mais attention la prochaine fois. Interdiction de venir à moins de 50 m la renifler. Tu as compris ou je dois te faire un dessin. Tiens, en parlant de dessin, regarde celui que je viens de recevoir. Tchao pantin, à demain au bureau. Ma chérie, on rentre !

    – Je vais vous inculper d'outrages envers un supérieur. Avec tous les témoins présents, je pense que votre compte est bon. »

Les personnes autour du trio, semblent ne rien avoir entendu, ni vu. Elles s'éloignent vers le buffet en regardant malicieusement en l'air.

Madame Causeur, à peine franchie la porte du domicile, prend son époux par le revers de la veste, l'attire à elle et lui fourre sa langue dans la bouche, ce qui a pour effet de dégriser le coco.

Pas le temps de passer aux préliminaires : la chemise de l'un rejoint le soutif de l'autre. Le reste suit un chemin identique au pied du lit.

La sonnerie du téléphone remplace le réveil-matin. Il est onze heures, la voix du chef résonne dans la tête de l'épouse.

« – Tiens mon chéri, c'est ton chef. N'oublie pas de lui raconter la nuit torride que nous venons de passer. Chef, j'en dégouline encore de plaisir. Il va falloir vous y faire, vous ne serez jamais à la hauteur. A bientôt (avec un large sourire, synonyme de devoir accompli)

Accueil plus que morose à l'arrivée de notre ami.

« – Alors les amis, vous avez perdu quelqu'un ?

– Ton copain le chef nous a mis au courant pour la carte postale. Il veut que tu diriges l'enquête.

– Pas question, je finis à la fin de l'année, je ne vais pas me coltiner cette affaire. Quoi qu'il en soit, je ne suis pas capable de la résoudre, ce criminel me court

derrière. Je reste persuadé que j'ai un lien avec ça.
Vous n'êtes pas d'accord avec ce raisonnement. Le
type me cherche, je suis incapable de faire la part des
choses, donc je n'arrive pas à trouver un chemin qui
nous amène à la solution. Mettez-vous au travail,
faites travailler vos méninges, les miennes sont
fatiguées. Je pense qu'il nous promène avec sa statue
du Gélas. Il faut envoyer une équipe de plongeur pour
sonder la rivière à cet endroit, ainsi qu'une dizaine de
gendarmes pour ratisser les lieux. Vous vouliez du
sport, vous allez en avoir.

    – Causeur, nous on préfère te voir t'agiter pour une
bonne cause, plutôt que de te voir te chamailler avec
le Boss. Hier soir tu as frisé la correctionnelle.

    – Tu commences à me saouler mon gars. Tu vas
prendre la tête des recherches à la retenue d'eau. Pour
débuter ta mission, donne rendez-vous à tes
gendarmes. Il faut que vous soyez opérationnel dans
une heure. Tiens-moi au courant des avancées, pas un
mot à qui que ce soit, encore moins au Boss comme
tu le nommes. S'il te pose des questions reste dans le
vague. Je vais te dire quelque chose : je pense qu'il y
a une taupe chez nous, mais je n'ai rien dit, juste une
impression de vieux briscard. Files, le devoir
t'appelle. »

Pendant ce temps il entreprend de fouiller dans sa mémoire. Il griffonne des mots, les rayent pour ensuite en remettre quelques eux. Notre policier a trouvé un jumeau de la littérature en la personne de l'auteur qui " pédale dans la choucroute " avec sa recherche de la vérité. Pas un bout de piste, aucune imagination ne déborde de cette feuille blanche, ce qui a le don de les rendre un tantinet coléreux envers l'entourage présent dans les locaux qui, avec un petit air narquois, sans oser poser la question qui fâche, se moque ouvertement de cette situation.

« Bande de cons, vous n'avez rien d'autres à foutre que de m'espionner en passant devant mon bureau. Certains d'entre-vous en sont à leur sixième café. Allez du balai, hors de mon champ de vision. »

Son portable vient de lui laisser un message qui va accentuer son humeur massacrante : « chef, les plongeurs ne trouvent rien. Il commence à faire nuit, nous rentrons. Voulez-vous que les recherches reprennent demain. »

A question idiote, réponse identique : demain c'est mercredi jour des enfants, vous pourrez aller au square de bonne heure. Signé Le Chef.

Il est midi quand le téléphone de la maison sonne, ce qui a pour effet de rendre de mauvaise humeur Madame, qui avait fait accepter par Monsieur, sa proposition de retourner au plumard, histoire de terminer (le mot approprié est plutôt de recommencer) leurs ébats amoureux. Vous allez me dire qu'il y a trop de sexe dans ce roman, je dis non : il reflète la réalité du couple. Vaut mieux ça que des engueulades à ne plus quoi savoir en faire. Avec tout ça, j'ai oublié l'appel du bureau qui vient de m'annoncer la découverte d'un corps décomposé par les plongeurs. La police scientifique est sur les lieux, le chef aussi. Conclusion : il ne manque plus que votre serviteur, ce qui a pour effet d'agacer ce dernier. Causeur ne va pas directement sur la berge où la victime est allongée, recouverte d'un drap. Il a toujours eu horreur de cette facette du métier qui l'amène à scruter un corps sans vie, qui plus est se trouve en état de décomposition. Il s'incruste parmi la foule pour écouter les commentaires qui se font jour. Il y a, d'après lui, un brin de pertinence à saisir et à exploiter pour son enquête. Son supérieur vient de s'apercevoir de sa présence. En lui faisant un signe de main, qui se veut plus un ordre qu'une demande, il l'oblige à venir là où il se trouve en compagnie du médecin légiste, appelait en renfort par ce dernier.

N'étant pas du genre à obtempérer, le policier
continue d'écouter ces braves gens de plus en plus
nombreux. Il s'agirait d'une femme violée et jetée
dans l'eau, un peu plus haut vers la cascade du
Suquet. On dit même que c'est son ami qui a fait le
coup, elle venait de le quitter. La rumeur est en
marche, laissons passer toutes ces âmes charitables.

Vous vous souvenez des bébés qui ont séjourné par la
Russie (voir plus haut). Nous venons de retrouver la
jumelle de l'assassinée du cours Saleya, celle qui
habite, je dirais, qui a habité à la Bailline, pas très loin
de notre enquêteur vedette.
Le test ADN pratiquait sur le lieu de la découverte,
vient, deux semaines plus tard de confirmer l'option
choisie par lui. Reste à faire le lien entre les deux
victimes, le pourvoyeur de cartes postales
personnalisées et la Madone du Gélas. Retour à la
case départ, en plein milieu de la salle à manger de la
trucidée. Les scellés ont été levés, à la demande du
Procureur, pour permettre à la police scientifique de
faire son travail avec plus de conscience et de minutie
que la première fois. Le patron des services azuréens
présent sur les lieux est là pour en attester.

Pendant ce temps, la maman génétique des jumelles a été placée en garde à vue dans les locaux niçois. Elle ne souhaite pas avoir d'avocat, à l'issue de son incarcération provisoire. Son statut de mère semble refaire surface bien malgré elle. Pour ce qui est de coopérer avec la police, elle ne veut parler qu'à Causeur et personne d'autre.

Parler est un grand mot dans ce contexte, disons plutôt acquiescer avec la tête. Elle les a prévenu être au courant des méthodes policières, pas jolies jolies, si elle en croit les épisodes des experts en tous genres de la télévision.

« – Oui, les deux femmes assassinées sont bien mes deux jumelles. Non, je ne vous donnerais pas le nom des Russes. Je sais bien que vous allez finir par trouver votre réponse, mais sans moi.

Oui, je connaissais l'échange à la maternité, j'ai reçu de l'argent. Comment faire autrement à cette époque. J'ai saisi l'opportunité qui s'est présenté à nous. Je pourrais avoir un café, s'il vous plaît.

– Vous n'êtes pas très coopérative, en plus vous devenez exigeante en demandant votre café. Je vous le servirais dans un moment, mais il va falloir répondre à quelques questions avant. Depuis quand vous n'aviez plus de nouvelles de votre fille ou devrais-je dire vos filles.

– Si je vous dis depuis des années pour l'une, vous me croyez. Je les avez perdu de vue, je n'ai pas cherché à les retrouver. Il faut dire que nous n'avons jamais eu un véritable comportement familial. Je n'étais pas en manque. Ce qui est étonnant, c'est sa présence ici.

– Le père dans tous ça, il a sa place sur l'échiquier familial ?

– Je ne sais pas de qui vous voulez parler.

– Pour un enfant mort-né, elle a de quoi faire parler la justice. Je vais demander un mandat de dépôt au juge, peut-être que cela va vous aider à retrouver un peu de coopération avec moi.

– Je sais bien que vous n'avez aucun chef d'accusation à opposer à une vieille dame comme moi. Allez, Monsieur le policier, il faut être bon perdant dans la vie. Les faits qui pourraient éventuellement m'être opposés sont prescrits.

– Compte tenu des nouveaux éléments, un juge va demander la réouverture d'une enquête. Vous avez caché, pendant de nombreuses années, l'existence de vos filles et l'une d'elles a été déclarée morte par vous et maintenant elle l'est vraiment, mais son cadavre est la plaque tournante d'une enquête sur un, ou une serial killer.

– Je pense que je vais faire appel à un avocat.

– Je vous le conseille. Voulez-vous en avoir un commis d'office.

– J'ai assez de connaissances pour avoir l'embarras du choix. Ne me sous-estimait pas cher monsieur Causeur.

– Loin de moi cette idée chère Madame. Je serais du genre méfiant à votre égard. Votre cellule vous attends.

– Pouvez-vous me donner un téléphone que j'appelle un ami.

– Pourquoi ne pas choisit le 50-50.

– Nous sommes en plein dans la blague policière. C'est facile de se moquer d'une vieille femme. Mais dites-moi mon cher ami, vous connaissez les programmes de la télévision. Franchement, j'aurais opté pour " faites entrer l'accusée " c'est plus d'actualité il me semble.

– Donnez-moi le nom de votre futur interlocuteur. Pas question de se faire avoir, vous seriez capable de prévenir un de vos complices. Je sais, vous allez encore plaider votre âge, mais …

Le Tueur des cartes postales

6.

L'arrivée de l'avocat de Mme ne passe pas inaperçue.
Ce n'est pas tous les jours qu'un ponte de Paris se
déplace à Nice. Il était en vacance dans le coin, il a
demandé à quelques journalistes de le suive pour
raconter dans les médias la pauvre histoire de son
amie. Il s'agit d'une amie de très longue date, alors il
se doit de lui venir en aide.
« – Vous êtes celui en charge de résoudre le petit
souci de mon amie.

– Bonjour, d'abord je suis celui qui doit résoudre
une enquête dans laquelle Madame est impliquée, pas
votre amie. Mon nom est monsieur Causeur, vous
vous êtes qui déjà.

– Comment vous ne me reconnaissez pas. Vous ne
regardez jamais la télévision, vous n'ouvrez jamais un
journal, ni vous ni votre épouse. Je viens de faire la
couverture d'un magazine people. Je suis certain qu'en

me voyant elle va vous dire : oui, mais c'est bien sûr.
Il y a des photos de moi dans la cuisine où je prépare
un osso-buco à vous lécher les doigts. Rappelez-moi
de vous laisser ma carte. J'ai oublié de vous demander
si vous étiez marié. Cela expliquerait cette ignorance.

– Vous en avez terminé avec vos effets de zèle. Je
vous suggère d'en faire profiter une cour d'assises.

– Trêve de plaisanterie, passez-moi cette personne
(il lui tend la carte d'un des Présidents de la Cour
d'Assises). »

Il en faut plus pour impressionner le policier qui en a
vu d'autres dans sa carrière de flic. En plus, ce petit
manège commence à l'agacer. Ce n'est pas avec sa
face de premier de la classe et ses manières de
bourgeois qu'il va réussir à faire sortir de son bureau
la principale suspecte du meurtre des jumelles.... Et
pourtant, c'est ce qui se passe. Pas de temps à perdre
avec cet énergumène, mais il lui faut constater que le
procureur vient de contacter son supérieur pour lui
intimer l'ordre de relâcher cette dame, à moins qu'il
trouve un motif en béton pour l'inculper. Le premier
de la classe vient de remuer toute sa stratosphère
parisienne avec pour conséquence la demande qui
émane de son chef. Pas assez de subir l'humiliation, il
lui faut répondre à quelques questions des bœufs
carottes qui ont assiégés son bureau....

En revenant chez lui, il fait un topo de cette journée de merde à son épouse. Celle-ci n'est pas étonnée, elle lui demande de réfléchir à démissionner.

« – Dis-moi ce que tu as à gagner avec ton zèle que tu déploies dans tes enquêtes. Un jour, ils vont réussir à prouver que tu es le meurtrier que vous recherchez.

– Tu ne crois pas si bien dire. On me demande de me justifier sur le fait d'avoir fait le rapprochement entre la sœur jumelle de la morte du Marché aux fleurs et le cadavre en décomposition que nous venons de trouver.

– Normal, comment as-tu fait pour le savoir aussi vite ?

– L'intuition, ma chère, l'intuition. Sans plaisanter, il était normal de faire le rapprochement avec ce meurtre puisque le procédé est identique avec l'envoi d'une carte postale indiquant où on allait trouver un corps. Un gamin de dix ans aurait compris. Ce qui ne trouve pas de sens en ce moment, c'est la dame du Gélas mise entre le meurtre de Nice et celui retrouver dans le fleuve niçois.

Sommes-nous en présence d'un troisième cadavre non découvert ? Les recherches ont-elles étaient mal menées par les enquêteurs. Tu devrais te servir de ton intuition féminine pour m'aider à y répondre.

– Mon intuition elle me dit que si tu ne donnes pas

ta démission à l'issue de cette enquête, c'est moi qui le fais en demandant le divorce. Je ne veux plus que notre couple s'entoure de cadavres et autres démences, je veux pouvoir partir en voyage, découvrir de nouveaux horizons au-delà de tes montagnes. Nous ne savons pas ce que la vie nous réserve avec ta maladie, le devenir des années qui passent. Tu as toujours eu de la chance, profitons-en pendant qu'elle nous accompagne.

– Non ti fa de bila, Amore mio. Il nous reste à convaincre de tes propos l'éditeur et l'auteur de ce récit. J'irais bien décompresser, si on se faisait un petit resto, histoire de se retrouver. Tu es d'accord de ma proposition.

– C'est vrai qu'il y a tellement de restaurants ouverts le lundi dans ta vallée, que nous n'avons que l'embarras du choix. Alors Roqui ou Roqui.

– Je vois que tu es toujours en colère.

– Juste de la constatation. Viens me prouver le contraire. »

Sur ces propos, ses bras entourent sa jolie épouse, ses lèvres cherchant les siennes. Après tout le restaurant attendra un peu.

Huit heures trente, sur le bureau se trouve trois feuilles avec les titres suivants : le père des jumelles, l'échange des bébés, le relationnel commun entre les victimes. C'est que pendant le repas son épouse a fait parler son intuition féminine et voilà le résultat. Pour ne pas être en reste, une quatrième feuille a rejoint les trois autres : la dame du Gélas et la victime dans la Vésubie ? Une copie des cartes postales se trouve sur les feuilles qui semblent avoir un relationnel.

C'est bien gentille cette manière de travailler, mais il y a un hic. Aucune avancée dans la recherche de la vérité. Le calme plat et le doute quant à finaliser ce dossier s'est emparé des policiers. Pendant ce temps, la seule suspecte se trouve dans la nature. Au fait, elle est où cette brave dame ?

Depuis qu'elle a quitté les locaux de la police, elle n'est plus revenue à son domicile. Plus personne n'a de ses nouvelles, y compris le copain des juges. Il va falloir lancer un mandat de recherches à son encontre et convoquer officiellement ce dernier. Rien qu'à l'énoncé de ces futures retrouvailles, un large sourire se fige sur la figure de l'enquêteur vedette de la brigade. Son patron est passé au-dessus du proc' au niveau de la Chancellerie. Un autre vient de reprendre ce dossier et la moindre des choses est de dire qu'il n'est pas hostile à cette convocation. Il se rappelle d'avoir eu à faire à lui par le passé pour y avoir laissé quelques plumes qu'il aimerait bien récupérer.

Bizarre, le personnage est actuellement en vacances du côté de New-York. Parti d'après son secrétariat sans laisser d'adresse où le joindre. Il a, selon ses termes, coupait les ponts avec la réalité de son travail. Voila qui ne va pas faire le bonheur de la police.

7.

A qui profitent tous ces crimes. Dans les écoles de police on nous apprend qu'en trouvant le mobile, on trouve l'assassin. Pas de bol, les deux personnages susceptibles de nous aider ont disparus.

Il reste cependant, au fond du premier tiroir de son bureau, le petit carnet à spirales chapardé dans la maison de la Bailline. Ce calepin contient une part du jardin secret de son propriétaire, la jolie femme à la coupe de garçon dont la mère est recherchée par la police des frontières. Il est plus que probable que cette personne soit hors de la frontière du pays des citrons, en direction de la région piémontaise. Toutes les anciennes familles niçoises sont originaires de ces montagnes. Et si on pariait une bouteille de bon vin du pays qu'elle se cache vers Cunéo. Il est temps de joindre les Carabiniers et d'envoyer la photo de la mamie.

La veille du week-end nous recevons (je dis nous car vous faites partie de l'équipe de recherches) un appel de Cunéo.Il nous apprend la présence de notre amie au marché de la ville.

Elle a été surprise en essayant une robe dans le fourgon d'un piémontais, marchand bien connu des habitués. Sa camionnette sert de cabine d'essayage pour les clientes. Conduite au poste de police, il a fallu utiliser la manière forte pour la faire entrer dans la fiat de service. Voila donc notre copain parti en direction des montagnes pour rejoindre les grandes arcades de la ville en passant par l'aéroport ?

De qui se moque le narrateur. De personne car il y a bien un aéroport situé à 20 kilomètres de la ville. Cerise sur le gâteau, celui-ci est classé International. Un peu plus d'une heure s'est écoulé depuis son départ des locaux jusqu'à son arrivée dans le couloir de la police italienne.

« – Coucou, alors on cherche à éviter son ami Causeur.

– Porca miséra, es encora a qui lou gari. C'est

gentil de venir me voir. Je parie que vous êtes en vacances dans le coin.

– Pas vraiment. Vous m'avez tellement manqué ma Princesse russe. Nous avons un avion qui nous attend sur le tarmac de l'aéroport.

– Il est rigolo mon amoureux. Un aéroport ici, dans ces montagnes, rien que pour nous deux. Je rêve ou vous voulez m'offrir une lune de miel au frais de la princesse.

– Le temps de signer le reçu pour ce charmant paquet et nous partons.

– C'est moi le paquet ? Un peu de respect je vous prie. D'abord, je voudrais savoir si cette procédure est légale.

– Qui a parlé de procédure, j'ai dit un paquet il me semble.

– Je veux voir mon avocat.

– Bonne demande, nous aussi. Avouez que ça tombe bien. Je suis bon prince, je vous donne mon portable pour le joindre. Il est à vous.

– Pas de réponse ?

– Soyons clair. Je ne crois pas à votre culpabilité dans les meurtres de vos enfants, je veux vous aider. De vous à moi, nous ne sommes pas dans cette ville, nous nous sommes retrouvés dans le Vieux-Nice, à votre demande, car vous aviez des révélations à me faire sur l'avocat véreux qui vous a fait sortir de nos locaux. Vous avez insisté pour ne parler qu'à moi, en terrain neutre, sans témoin. Je vais donc vous ramenez à Nice et nous en discuterons pendant le vol. Soit vous acceptez cette version et vous coopérer avec moi, soit la messe est dite : direction la prison pour complicité de meurtre, non-assistance à personne en danger avec un minimum de cinq ans sous les barreaux, rien que pour cette dernière inculpation. Vous avez compris ou pas la chance que je vous donne.

    – Je ne sais rien sur lui. Il est en vacances à l'étranger. »

Coriace la dame pendant le vol. Pas de confidences, pas le moindre début de piste pour tenter de retrouver l'avocat recherché. A croire que, si on l'écoutait les policiers niçois ont eu une hallucination collective. Pas la peine de perdre du temps, direction le cabinet du juge d'instruction en compagnie de notre amie. Peut-être qu'avec lui, elle sera plus enclin à coopérer. C'est mal connaître la dame et ce n'est pas la perspective d'être emprisonné qui va la faire changer d'avis sur la police. Néanmoins, elle a un petit faible pour le retraité qui se la joue à la Joss Randal.

Ce qui lui plaît en lui c'est son intégrité, son côté humain d'aller vers les gens.

Ce n'est pas l'avis de tout le monde, mais c'est le sien et des autres elle s'en moque un peu.

« – Si je vous donne un tuyau sur l'avocat, je suis libre de quitter les lieux sans être importuné par vos sbires ?

– D'abord vos confidences. Je ne suis pas seul à décider.

– Je vous croyais beau joueur.

– Vous n'avez pas le sentiment de jouer gros dans cette partie de cache-cache avec la police.

– Donnez-moi votre parole que vous allez me protéger. Il s'agit de balancer la mafia russe mon ami, et elle n'aime pas du tout ce genre de situation la famille bolchevique, croyez-moi.

Fermons la porte de votre bureau, je vais vous raconter mon histoire. Cela dit, une fois que j'aurais déballé mes confidences, il va falloir me protéger en me donnant une nouvelle identité, un passeport tout neuf et des sous pour refaire ma vie loin de vous.

– Avant je dois vous dire que notre conversation va être enregistrée.

– Par qui ?

– A l'aide de ce petit appareil, juste vous et moi. Simple précaution pour assurer nos arrières. Je ne fais confiance à personne, c'est la vie qui m'a appris la méfiance.

– Je suis bien de votre avis. »

La porte du bureau étant close, avec la clé à l'intérieur de la serrure, le moment de passer aux aveux peut débuter.

Le Tueur des cartes postales

8.

L'avion atterrit sur la piste de l'aéroport de la capitale
du Portugal. Pas le temps pour les membres de la
commission rogatoire de profiter de la ville, ni de
monter à bord de l'ancien tramway. A peine de quoi
interpeller un taxi.
Dans un hôtel proche de Lisbonne, un homme se
prélasse au bord de la piscine. Il est en compagnie de
deux superbes créatures. A les voir, il n'y a pas de
doute sur le pays qui les a vues naître, ce n'est pas des
beautés portugaises et le flamenco n'est pas leur tasse
de thé. Aucune arnaque sur la marchandise qui
s'expose à l'œil des curieux dans un maillot une pièce
pour l'une des deux blondes. La seconde n'a rien à lui
envier, pour preuve elle pointe fièrement ses deux
globes en direction de tout inquisiteur qui aurait la
délicatesse de s'approcher du trio vedette des lieux.
Si ce n'était pas un récit policier, si nous n'étions pas à

la recherche d'un poète assassin, je me serais laissé
tenter par une approche romantique de ce joli
personnage. Non, je ne suis pas trop vieux, je suis en
attente d'impatience de connaître la suite que l'auteur
nous réserve. Vous avez compris que le mâle en rut
devant les nibards énoncés n'est autre que notre gentil
avocat. Le tuyau de Causeur a rendu service à la
police des frontières qui a dépêché deux de ses
membres, accompagnés par des policiers portugais.
Afin de ne pas provoquer d'émeute, ce dont profiterait
le suspect pour se dérober, un arc de cercle est mis en
place pour converger vers l'avocat que la police
niçoise recherche. Celui-ci ne s'est rendu compte de
rien, il est occupé à se faire masser les pieds par la
plus jeune des deux beautés, confortablement installé
sur un transat. Comme sa maman ne lui a pas greffé
des yeux dans le dos, c'est tout " bénéf " pour une
cueillette en douceur sous le soleil de l'Estoril.
C'est sans résistance qu'il se laisse amener jusqu'au
véhicule banalisé, avec un petit sourire au coin des
lèvres. La petite troupe se retrouve dans le
commissariat polyglotte où l'on écoute avec
bienveillance les malheurs de ce monsieur, dans un
bureau aux larges vitres teintées. Il y a cependant un
petit hic : les Portugais se font tirer l'oreille pour
expatrier l'individu. Ils ne comprennent pas vraiment

le motif de cette arrestation. Pour eux cela semble arbitraire de la part des Français de vouloir embarquer une personne qui a un certain standing, qui ne fait pas de tapage et qui dépense allégrement ses euros dans le pays depuis plusieurs semaines. Ils doivent en référer aux autorités supérieures, ce qui va prendre au minimum une semaine.

« – Qui va nous garantir que vous n'allez pas le relâcher quand nous aurons tourné le dos. Il faut nous signer une décharge, mais avant nous devons nous aussi avertir nos supérieurs.

– C'est votre droit le plus absolu, il y a une cabine de téléphone au coin de la rue.

– Vous ne connaissez pas les portables ici. Votre manière de nous chambrer en dit long sur la suite de l'aventure. »

Finalement, il va falloir faire appel à l'ambassadeur de France pour régler le problème. Celui-ci obtient que le gouvernement portugais se porte garant de la personne en question. Faisant contre mauvaise fortune bon cœur, la police française va s'offrir, aux frais de la Princesse, quelques jours de vacances forcées. Et si on commençait à aller visiter la Tour de Belém. Haute de 35 mètres, elle surplombe les

environs, offrant une vue imprenable sur le Tage.
Ensuite nous irons goûter la spécialité sucrée du
Portugal : le Pastel de nata. Un petit flan pâtissier
qu'il vous faudra déguster tiède, servi avec de la
cannelle et du sucre glace, accompagnée d'un café.
Pas mal pour débuter le périple pendant que nos hôtes
se chargent d'interroger le suspect.
Deuxième jour de farniente avec un départ vers dix
heures pour prendre le tram 28 sur les indications du
concierge de la pension où ils ont élu domicile pour la
semaine. Direction le quartier populaire d'Alfama qui
l'est un des plus anciens de Lisbonne. Situé au cœur
de la ville, ce lieu est certainement le plus typique
pour apprendre la culture portugaise. Ruelles étroites,
balcons fleuris, linge séchant aux fenêtres,
restaurants, airs de fado et scènes de la vie courante
se déroulent sous les yeux des visiteurs étrangers. Un
arrêt dans une des petites tavernes à l'ancienne fait
partie des carnets touristiques pour y déguster un plat
de poissons frais grillés. Il ne manque plus qu'un
joueur de guitare et sa danseuse habillée de noir pour
un total dépaysement … C'est chose faite.

Il y en a un qui ne semble pas apprécier la musique
portugaise, ni les lois du pays, il s'agit, vous l'avez

deviné de notre enquêteur qui vient d'apprendre de la bouche de son supérieur le prolongement forcé du séjour des deux sbires chargeaient de rapatrier l'avocat, virtuose de la langue des prétoires. Il évite la maison de peur de se retrouver en tête-à-tête avec son épouse qui lui fait un foin avec ce Portugal, elle qui rêve d'y passer des vacances, sur les conseils de sa voisine, en tenant dans la main cet éventail qui lui a été offert par le couple. Un cadeau d'origine, un vrai achetait dans le village de Braga où ils viennent de séjourner trois semaines. Il y a des jours à ne pas aller bosser, même pour un grand policier.

Le temps de faire la route et le voilà devant sa porte, un bouquet de fleurs à la main.

« – Chérie, je me suis mis en congé le reste de la semaine. Fais tes valises, nous partons.

– Tu t'es enfin décidé à m'amener à Lisbonne. Je t'aime mon chéri d'amour.

– N'allons pas jusque-là. Nous partons à Florence quelques jours.

– Sans moi, tu pars sans moi. Cette ville, je la connais comme ma poche. Nous y sommes allés il y a deux ans. Tu ne m'as même pas offert un bijou au Ponte Vecchio et tu voudrais y retourner. Peut-être que tu m'as acheté ce bijou en cachette et que le joaillier vient juste de le terminer à ma taille.

Causeur, tu es un sacré farceur.

– Je ne suis pas d'humeur à supporter l'humour, en plus corrosif venant de ta part. J'ai eu un début de semaine assez pénible, alors si tu pouvais la mettre en sourdine quelques jours, je t'en remercie.

– Allons ce soir au restaurant, il y en a un nouveau qui vient d'ouvrir dans le coin, c'est une occasion pour le découvrir. Nous discuterons de ta proposition italienne dans le calme.

– Faisons contre mauvaise fortune bon cœur et allons dîner selon ta convenance. »

Il n'y a pas que nos amoureux en conflit qui passent la soirée au restaurant. A Lisbonne nos deux touristes ont pris un taxi, direction le pont du 25 avril qui doit son nom à la révolution des œillets. Suspendu au-dessus du Tage et inspiré du Golden Gate de San Francisco, cet édifice fait partie des plus longs ponts suspendus au monde. Sa construction a débutée en 1962 et s'est achevée en 1966. On ne peut pas rejoindre ce lieu sans se rendre au Cristo Rei. Ce sanctuaire est un monument religieux représentant le Sacré-cœur de Jésus. Inspirée du Christ de Rio de Janeiro, cette magnifique construction, haute de 110 mètres, se visite avant dix-huit heures et la vue est imprenable sur la capitale portugaise. Ensuite, il sera temps de trouver un restaurant. Elle n'est pas belle la vie de policier en mission.

« Demain matin nous nous rendrons au commissariat prendre des nouvelles de notre paquet à ramener en France. Pour l'instant, savourons ces quelques vacances bien méritées. »

Après avoir contacté l'ambassadeur en charge du dossier afin de le retrouver dans les locaux de la police, le rendez-vous est fixé à ce jeudi 15 heures. A l'heure convenue voilà notre trio qui franchit la porte vitrée en question, pour y trouver en pleine partie de cartes le futur extradé et ses geôliers. Stupéfaction de nos policiers touristes devant le tableau qui se présente à eux.

« – Voulez-vous nous joindre à nous mes chers amis. (avec une pointe d'ironie dans la voix). José, tu veux bien aller nous chercher quelques Bolinhos de bacalhau (beignets de morue) et ta bouteille de ginja pour nos invités. Monsieur l'ambassadeur prenait un siège, venez-vous asseoir près de moi.

– Nous sommes en plein délire, appelez-moi votre supérieur. Je ne pense pas qu'il cautionne votre petit manège.

– Calmez-vous, laissez-moi vous expliquer la situation : les documents demandant mon extradition vers la France se sont perdus entre l'aéroport et ce bureau. Des recherches sont en cours, alors en attendant nous essayons de tuer le temps comme on peut. Rien de mal à goûter les spécialités du pays qui vous reçoit. Refuser deviendrait outrageux pour nos hôtes. N'est ce pas Monsieur l'Ambassadeur, vous êtes bien de mon avis.

– Cela vous amuse d'être dans cette situation. Je contacte le quai d'Orsay immédiatement. Vous avez jusqu'à demain midi pour nous livrer celui qui passe ses journées à se foutre de nous.

Dans l'heure qui suit vous allez recevoir notre demande par porteur spécial. Me suis-je bien fait comprendre. Obligado messieurs. Vous deux ne restez pas plantés là, suivez-moi.

A trois heures du matin le portable de Causeur, celui de l'ambassadeur au Portugal et celui du chef de la police niçoise sonnent de concert. Une voix rauque vient leur annoncer le décès de l'avocat véreux. Il vient d'être retrouvé mort dans sa cellule victime d'une crise cardiaque. Cette découverte signe la fin des vacances pour nos deux policiers touristes qui

reprennent l'avion dans la matinée. Ils vont devoir expliquer l'emploi du temps chargé qui a été le leur durant cette semaine au Portugal.
Bon courage les amis.

Le Tueur des cartes postales

9.

Les autorités portugaises ont accepté de rapatrier le corps à l'Institut Médico-légale de la Côte d'Azur, de manière discrète, s'appuyant sur la demande d'extradition qui vient d'arriver dans la matinée. Officiellement, le décès a eu lieu dans sa villa en fin de matinée. Le corps a été découvert par la police venue pour l'interroger, en apprenant son retour de vacances. Je sais, cette alternative est un peu grosse à avaler, mais plus c'est gros et plus ça passe.

Quelque chose ne tourne pas rond dans la tête de l'ami Causeur. Il n'arrive pas à accepter cette découverte du corps, le jour où son équipe est partie pour l'interroger. Avouez qu'il n'a pas eu de chance ce véreux : il a juste le temps de revenir chez lui que la dame à la faux lui a rendu visite. Des questions

s'enchevêtrent dans sa tête de fouineur. A commencer
par le fait que l'on apprenne (par qui?) son retour et
que le chef envoie une équipe sans prendre le temps
d'en discuter avec la brigade. La crise cardiaque qui
tombe à point nommé pour mettre un terme aux
investigations avec la présence de la police qui peut
ainsi affirmer cette mort sans préméditation. Le plus
étrange reste de savoir comment le cadavre a fait le
chemin qui relie son domicile à l'Institut légal : la
question est posée. Pour en savoir plus rien de tel que
de faire appel à un ami, chance pour lui celui-ci
travaille à l'Institut (se rapporter à Meurtres à
l'insuline du même auteur). Mieux, il va aller lui
rendre une petite visite amicale, sans prévenir,
histoire de ne pas ameuter la compagnie. Il va ainsi
apprendre que le corps est venu directement de
l'aéroport pour rejoindre un casier de la morgue.
Que l'ambassadeur de France était présent et que les
autorités lui ont demandées de ne pas pratiquer
d'autopsie à la demande de la famille. Famille, tenez-
vous bien, sortie tout droit de Russie. Ce grand
personnage du barreau était un enfant adopté par une
famille russe qui souhaitait garder l'anonymat par
peur de représailles. Elle a transmis une importante
somme d'argent à son consulat pour organiser des
obsèques dans une stricte intimité. En clair,

mesdames et messieurs passaient votre chemin. D'ailleurs, la cérémonie d'incinération est déjà programmée pour demain en fin de matinée au crématorium. Quand je pense que les gens honnêtes doivent patienter quelques jours pour avoir une place pour le défunt dont la dernière volonté est celle-là, notre ami se dit que quelqu'un de haut, très haut placé tire les ficelles de son enquête. C'est mal connaître l'énergumène en charge de ce dossier. De retour au bureau il demande à voir son supérieur qui lui renvoi une fin de non-recevoir. Pas grave, il demande un rendez-vous à Monsieur l'Ambassadeur, il a des révélations à faire au sujet de l'escapade portugaise. Pour bien argumenter sa demande, il prévient le chargé de cabinet de sa volonté à contacter les journalistes de la télévision à la mode du moment. Rendez-vous fixait à quatorze heures.

« – Causeur, si vous continuez ainsi à vouloir passer au-dessus de moi, je vais finir par vous demander de rester chez vous. Nous n'avons pas besoin de fouille merde dans cette histoire, elle pue déjà assez sans en rajouter. Me suis-je bien fait comprendre.

– Oui chef, bonne journée chef. »

Et si on demandait au Fichier national automatisé des empreintes génétiques (FNAEG) de comparer dans ses données et voir si l'avocat en fait partie.

Quand il a une idée dans la tête ...

Le temps de prendre un repas au Balicot (petit restaurant sympathique vers le Théâtre de Nice) et le voilà pile-poil dans l'antichambre du pouvoir. Sa montre indique 14h45 et il n'a toujours pas été reçu par le maître des lieux.

« – Excusez mon retard, mais j'étais au téléphone avec le ministre de l'intérieur au sujet de notre petite affaire qui semble vous préoccuper.

– Rassurez-vous je ne suis pas du tout préoccuper comme vous dites. Je veux juste savoir ce qui se trame dans mon dos.

– Entrez, ne restons pas là. Vous allez m'expliquer de quoi il résulte cher ami.

– Je ne suis pas votre ami depuis notre dernière rencontre où vous aviez, là aussi, décidait de me contrarier. Finalement, j'avais raison dans mon raisonnement. Si on avait écouté la hiérarchie, je serais encore à courir derrière le criminel.

– Peine perdue, je viens d'apprendre que son avocat a invoqué un vice de forme et a obtenu gain de cause. Il vient d'être relâché, d'où ma conversation avec qui vous savez.

– Ne me dites pas que Frankinot a été relâché, c'est

impossible, son procès doit débuter la semaine prochaine.

– Quand un abruti mentionne son nom sans mettre le T à la fin, à plusieurs reprises dans les procès-verbaux, il arrive qu'un avocat plus malin que les autres s'en empare et voilà le résultat : votre copain a été remis en liberté depuis quelques mois. Les autorités ont convenu d'un deal avec lui, celui de disparaître loin de chez nous en échange d'une nouvelle identité, de nouveaux papiers et d'une petite somme d'argent, histoire de repartir du bon pied et de ne jamais dévoiler le fin mot de sa " libération "
La version qui convient à tous et de s'être fait la belle pendant un transfert chez le juge d'instruction. Alors ne faisons pas les mêmes erreurs, restons-en à la version officielle dans la mort de votre avocat, point final. Me suis-je fait bien comprendre monsieur Causeur.

– Comprendre oui, mais être d'accord non. Désolé, le fait de vous acharner à me démontrer le contraire de ma conviction me renforce d'être sur le bon chemin.

– Vous y gagnerez quoi d'être borné à ce point, RIEN ! Par contre, si nous arrivons à vous convaincre de laisser tomber vos convictions, il y a une jolie décoration qui attend un monsieur sur le point de terminer sa carrière. Je viens de le savoir de la bouche du ministre qui tient cette information de Matignon. Vous en remuez du monde en haut lieu.

– Monsieur l'Ambassadeur, vous voulez échanger mon silence contre une décoration ?

– Exactement.

– Votre breloque n'a plus de signification de nos jours, elle est épinglée au veston de n'importe qui, à commencer par ces artistes qui vont de subvention en subvention, avec l'argent de mes impôts. Elle est belle votre décoration, je préfère une médaille en chocolat que la vôtre, au moins je pourrais en faire bon usage.

– Je vous trouve bien arrogant, petit flic de montagne. Je pense que nous n'avons plus rien à nous dire. La police est en sous-effectif dans les Landes pour résoudre une affaire de drogue. Lors de votre dernière affectation dans ce service votre zèle à été récompensé, alors direction les Landes pour en faire profiter les collègues de l'Atlantique. Si je ne me trompe pas, la lettre de service vient d'arriver sur le bureau de votre supérieur. Dites-moi Causeur, vous avez quoi de si important dans cette enquête a me révéler, vous êtes bien venu me voir dans ce sens. J'oubliais de vous dire : le crématorium a appelé pour nous dire que la cérémonie a été avancée à 15h30 aujourd'hui. Si vous vous dépêchez monsieur " je sais tout " vous allez pouvoir y assister. J'oubliais : pas de fleurs, ni serrement de main, logique, vous serez le seul à dire adieu au défunt. Bon séjour dans les Landes cher ami. »

Les voyages forment la jeunesse, mais à son âge il n'y a plus besoin d'être formaté, encore moins de se déplacer dans le pays pour résoudre des affaires de stupéfiants. Ils sont stupéfiants ces politicards.
« Allô docteur, je peux venir vous voir, je crois que je couve une sale affaire. »

Muni d'un joli arrêt de travail en bonne forme il se présente devant la porte de son supérieur. Il a pris soin de se mettre un peu de talc sur la figure, une astuce de sa grand-mère pour sécher les cours.
« – Tenez chef, faisons un échange de documents. Voilà ma feuille de santé contre votre affectation landaise. J'aime bien le magret de canard ou le confit, mais pas à cette période. Il va falloir trouver un remplaçant à bibi. Désolé de ne pas vous tenir compagnie, je dois passer à la pharmacie avant de rentrer. Bien joué le coup du crématorium. Au fait, vous étiez au courant de cette cavale de ce Frankino

sans T. »

Sur cette interrogation, le subalterne déserte les lieux avec le sentiment d'être le pigeon dans cette affaire. Tout le monde sait qu'il ne porte pas dans son cœur son supérieur depuis qu'il a essayé de draguer son épouse, mais se faire cocufier de la sorte dans le travail … Restons-en là pour le moment.

10.

Il avait raison le docteur. Dix jours qu'il est cloué au lit avec une hypertension et un diabète en conséquence très élevé. La contrariété de son enquête en est la cause principale. Il ne supporte pas d'être mis sur la touche de cette façon, par la tricherie, la magouille et le monde politique qui gère ce pays. Pour le moment, la raison l'emporte sur la colère de ne pas pouvoir reprendre l'affaire du tueur de cartes postales. Il reste persuadé que tout part de là, qu'il y a relation entre les protagonistes. Le maillon qui soude la chaîne ne peut être que la mère des deux jumelles assassinées par ce tueur. Son épouse a beau lui dire de lever le pied, de mettre un terme à sa contribution avec la police, rien ne l'arrêtera, il ne partira pas sur un échec. En plus, il faut ajouter à cette mascarade le retour de Frankinot dans l'arène. Et si ce garçon était le tueur qu'il recherche. Deviendrait pas parano le

Causeur. Il est temps de reprendre du service.

Nous voilà de nouveau dans un petit retour en arrière
en compagnie de Josette la pipelette de service. Elle
voudrait bien l'aider ce brave retraité de la police,
mais en quoi. Cela fait bien deux heures qu'il ne la
lâche pas avec ses questions sur les Russes de la belle
époque. « Ma da buon, elle n'est pas si vieille que ça
la Josette » il devient offensant ce monsieur Causeur,
il frise même l'insolence par moment. Allez lui dire
qu'il peut la rendre complice de deux meurtres, « Es
toumba su la testa le pitchoun. »
Qu'il aille s'occuper de sa copine (la maman des
jumelles), elle en connaît des choses sur ce sujet. Qui
c'est qui a pris le pognon de la richissime famille
bolchevique en échange des petites, ce n'est pas
Josette. Alors foutez-lui la paix. Soit tu l'inculpes, soit
tu la laisses retourner finir ses cannellonis qu'il y a le
petit-fils qui vient manger ce soir. Pour une fois qu'il
vient celui-là, ce n'est pas le moment de lui faire faux
bond au petit.
« Foutez-moi le camp avant que je change d'avis.
Pire qu'une porte de prison, pas un seul mot sur les
jumelles. Allez oust, dehors de mon bureau. »
Josette ne se le fait pas dire deux fois, elle prend son

parapluie (on n'est jamais trop prudente dans le tram) qui lui sert de répondant en cas d'agression et la voilà sur le trottoir.
Elle lui a donné le virou-virou son enquête, il n'est plus si sympathique que ça l'ami Causeur.
Elle va rentrer chez elle à pied pour se changer les idées. En passant par le marché aux poissons elle ira rendre une petite visite à Dominique.

En faisant appel aux membres du service de généalogie de la gendarmerie, il a bon espoir de retrouver la trace de ce duc de " je ne sais quoi " parti lui aussi dans les brumes de l'oublie parental. On peut dire que la fibre maternelle n'était pas connue en ces temps reculés, loin s'en faut.
La tête commence à tourner, il est temps de retrouver " bobone " à la maison. Il a raison le toubib : pas de reprise hâtive, plan-plan les premiers jours. Le monde ne va pas s'arrêter de tourner si on ne retrouve pas le meurtrier dans les jours à venir. En parlant de cet inconnu, il y a des bruits de couloir qui circulent mettant en cause l'incapacité de notre héros dans la résolution de l'énigme. Même que cela serait dû à la différence d'âge avec son épouse : on ne peut pas être et avoir été, surtout sexuellement. Le vieillard de la

Bailline doit laisser trop de forces dans les relations nocturnes, afin de ne pas la perdre, qu'il n'a plus la pêche nécessaire en journée pour faire travailler ses neurones. Plus d'un an de recherches et " nada " à croire qu'il ne fait pas bon de vieillir dans la police.

Son copain légiste a demandé à le voir discrètement. Il a des réponses à lui fournir sur certaines zones d'ombre. Rendez-vous est pris pour 19h15 dans le cinéma de la plaine du var, dans la salle où se joue Cars 3. Il sera place 43, une enveloppe contenant un billet à son nom l'attendra à l'entrée. Le temps d'aller faire une petite visite de courtoisie à Josette, histoire de lui maintenir la pression et direction la plaine du var et son complexe cinématographique. Le légiste a bien insisté sur sa ponctualité, il se sait poursuivi, il a peur que des membres influents de la République soient à ses trousses. Pas avant, il ne sera pas là, pas après, il sera parti. On nage en pleine série des Esprits criminels. S'il s'agit d'une piste sérieuse, il ne faut pas la faire capoter par excès de zèle.
« – Bonjour, vous devez avoir un billet à mon nom pour le film Cars 3 dans une enveloppe.
– Votre nom.
– Causeur. Je suis pressé, je dois y être à 19h15, j'ai

rendez-vous avec un ami.

– Je vois le genre de ces messieurs. Ils viennent voir un dessin animé de mômes pour se la tripoter tranquille. En voilà de belles à votre âge, vieux cochon.

– Je commence à en avoir assez des élucubrations sur mon âge. Voici ma carte, je ne vous autorise pas à juger les gens sur les apparences. Oust de l'entrée, vous allez me faire rater mon rendez-vous.

– Désolé, je ne pouvais pas me douter de votre appartenance à la police, je ne savais pas qu'il recrutait dans les maisons de retraite. Désolé. »
A l'aide de la lampe torche de son portable il parcourt l'allée centrale pour arriver dans la rangée où se trouve son siège. Il fait un signe de la main en direction de l'ombre qui occupe le siège voisin du numéro 42. Pas de réponse.

Le film est loin d'avoir fait recette, il est déjà à l'affiche depuis trois semaines. En tout, il faut compter une quinzaine de personnes à l'intérieur de la salle, mais aucune n'est présente sur les trois rangées qui précèdent sa place attitrée, ni sur les six qui suivent. En chuchotant son nom, il arrive place 42 et s'installe. Rien ne perturbe son nouveau voisin et pour cause : il ne respire plus. Le policier scrute la salle à la recherche d'un indice, d'une personne qui aurait une envie présente de quitter la salle. Pas un seul mouvement tandis que la voiture rouge du film s'autorise un lifting de jeunesse sous les applaudissements de la communauté présente dans les lieux. Peu de parents les accompagnent, l'enquête en sera plus rapide. En attendant, il faut prendre la décision d'interrompre la séance, d'interroger les spectateurs sur place. Causeur sort de la salle en prenant soin de ne pas semer la panique. Il retourne voir son nouvel ami de l'entrée en lui intimant l'ordre d'avertir sa direction qu'un tragique événement vient de se produire : la salle est en mode vase clos. Il se charge de prévenir le bureau de sa découverte macabre, tout en distribuant quelques ordres.

L'éclairage des lieux met en présence des spectateurs, qui se demandent ce qui se passe et les représentants de la police locale qui viennent d'arriver. Ils sont en charge d'éviter la bousculade et de diriger un à un les personnes présentes vers un point d'accueil improvisé afin d'y être entendu. Cela ne va pas amener les policiers vers un début de solution. Ils le savent, mais c'est la procédure à suivre. Ironie du sort, la nouvelle victime est partie rejoindre son lieu de travail pour y être autopsié. Première constatation du médecin sur les lieux de ce qui n'est pas encore une scène de crime, il s'agirait (un mot à la mode dans ce récit) d'une crise cardiaque foudroyante. Il y a un hic : le légiste avait dans sa main un morceau de papier sur lequel était griffonné quelques mots. Causeur a profité de l'obscurité pour faire main basse sur celui-ci en prenant bien soin de ne pas être vu. Voilà pourquoi en attendant le verdict du médecin,il aborde un sourire malicieux. Prétextant des séquelles de son arrêt de travail récent, il prend congé de la horde de loups qui entoure le complexe de cinéma. Pour ne rien laisser au hasard celui-ci a été bouclé en totalité. Les spectateurs sont confinés dans les fauteuils, des boissons leur sont apportées, mais pas question de partir avant d'avoir rempli le formulaire remis par la police. Des journalistes viennent d'arriver sur les lieux, ce qui a le don d'énerver les boss.

Des fuites ont lieu sur les réseaux sociaux, aussitôt relayé par les chaînes de télévision qui tournent en boucle sans rien fournir de nouveau. Les correspondants meublent leurs temps d'antenne en prenant soin de ménager le suspense. Après tout la version officielle est le décès par crise cardiaque d'un spectateur pendant le film retraçant la suite des aventures du petit bolide rouge, idole des enfants. Pas de quoi en faire le 20h, mais alors pourquoi tous ces policiers ont procédé au blocage complet du complexe. Il ne s'agit pas d'une personnalité politique, ni d'un footballeur du PSG. La victime est un membre de l'équipe médico-légale qui aide les instances dans la recherche de la vérité, pas de quoi pavoiser, sans offenser le mort.

A l'abri des regards indiscrets, Causeur sort de sa poche le morceau de papier, il reconnaît cette écriture qui lui est familière. En tapant sur le volant, il lâche ces mots « Je le savais, foutaise cette crise cardiaque dans l'avion. Ce type quel menteur, il s'est bien foutu de moi l'ambassadeur »

« – Laissez-moi passer, je veux voir l'ambassadeur.

– Vous n'avez pas rendez-vous. De vous à moi, il ne vous porte pas dans son cœur depuis votre dernière visite. Pour tout vous dire, son avion s'est envolé pour Paris ce matin. A l'heure actuelle il doit dîner avec le ministre de l'intérieur et le chef de la police, alors le petit " flic de montagne " comme il vous nomme, il en a rien à foutre. Comprendo !

– Je ne vous crois pas, vous mentez. J'ai des révélations à lui faire de la plus haute importance. Un homme vient d'être assassiné par la faute de personnes qu'il connaît. Sa vie est peut-être en danger.

– Vous devriez quitter la police pour écrire des romans policiers. L'imagination ne vous fait pas défaut. Je lui ferais part de votre inquiétude envers sa personne, mais en attendant ne restait pas là, je vais devoir faire appel aux gardes du corps, croyez-moi ce n'est pas la même limonade avec eux.

– Je vais dormir sur un canapé en attendant son retour. Je vous jure que votre patron est en danger de mort. Ces gens ne s'embarrassent pas de fioriture, ils ont déjà deux cadavres à leur actif, alors un de plus ou un de moins …

– Vous n'y pensez pas. Vous êtes ici dans un lieu représentant notre pays, nous ne sommes pas un asile de nuit pour personne seule. Je crois savoir que vous avez une épouse ravissante alors allez donc la retrouver, elle doit se faire un sang d'encre, surtout si elle a vue les actualités qui parlent d'un cadavre découvert par un policier qui a disparu depuis. A propos, je crois bien que c'est de vous dont parle le journaliste. Pas question de vous héberger dans l'ambassade, si les journaux s'en rendent compte, mon patron va pouvoir postuler en Antarctique.

– Et si je les contactais pour donner ma position, vous seriez bien emmerdé mon gars. A cet instant deux mastodontes s'emparent du policier de la montagne. L'un d'eux lui assigne un petit coup discret au niveau de la nuque plongeant l'enquiquineur dans un profond sommeil. Son vœu de dormir dans l'ambassade est exaucé, il est dirigé manu militari dans une chambre d'ami. Son corps rejoint le lit en 140 qui lui fait face. La main d'un des costauds s'engouffre dans sa poche à la recherche de son portable, il y trouve le papier du légiste qui, d'un tour de passe-passe se retrouve dans son veston à lui.

Il est temps de joindre la dame qui se fait du souci depuis que le supérieur de son mari lui a confirmé l'absence de celui-ci, juste après la découverte macabre. Personne ne sait où se trouve notre empêcheur de tourner en rond.

Lorsque le numéro de son époux s'affiche sur l'écran, elle s'empresse de l'engueuler, mais une voix inconnue lui demande de se calmer et de l'écouter : *Madame, rassurez-vous monsieur Causeur va bien, il est en ce moment avec des amis hauts placés dans une résidence bien gardée. Il m'a chargé de vous dire de ne pas vous inquiéter, de ne pas prévenir la police de cet appel, ni de vous faire du souci. Il m'a donné son portable pour vous joindre, preuve que nous sommes de son côté. Nous avons une requête à vous faire : en aucun cas, vous ne devez divulguer ce message y compris à ses collègues de travail, ni à son chef. Il en va de la personne de votre mari. L'enquête qu'il mène l'a conduit à approcher des individus dangereux qui sont les nôtres aussi. Sachez qu'il travaille pour son pays et que nous ne voulons pas créer un incident diplomatique avec certaines nations. Bonne nuit chère madame. »*

Si elle n'était pas assise sur son lit, madame Causeur se serait évanoui sur le carrelage. Essayez d'aller dormir à présent. Bonne nuit qu'il a dit, pauvre con, je voudrais bien t'y voir.

Le Tueur des cartes postales

11.

Le soleil se lève à l'arrière de la maison, l'occupante des lieux n'a pas dormi de la nuit. Les questions se chevauchent dans sa tête. Est si son satané fouineur de mari était en danger ou déjà mort. Est si il croupissait dans un trou à rats solidement enchaîné à une chaise. Est si … Stop, le temps des barbouzes et résolu, on va le retrouver votre chéri d'amour, il faut juste un peu de patience et le bon vouloir de l'ambassade.

A ce propos allons faire un tour de ce côté. Nous y trouvons le " prisonnier" en fâcheuse posture devant un croissant. Oui, vous avez bien lu, sa préoccupation du moment est de savoir si, oui ou non, il va s'engloutir cette troisième viennoiserie, servi avec tact par son nouvel ami mastodonte. A son réveil en plein milieu de la nuit il a trouvé un mot lui indiquant de ne pas se soucier, son épouse est au courant de sa fugue nocturne pour cause nationale. Il est entre de bonnes mains, mais surtout elle ne devra dire mot à quiconque de ce qui se passe, y compris à la police et encore moins aux personnes de son service. Il en va du résultat de son enquête.

« – Vous savez monsieur Causeur, nous sommes au courant du message que vous a donné le mort du cinéma avant de trépasser. Normal nous l'avons récupéré dans votre poche avant de vous border hier soir.

– J'aime bien votre humour mon gros. Vous me faites penser à Obélix. Maintenant, je suppose que toute la planète dans haut est au parfum.

– Nous le savions bien avant vous et le légiste. En réalité, nous nous étions rendu compte du procédé pratiquait sur l'avocat lors de son transport de Lisbonne à Nice. Très petit le trou au niveau du cœur, mais aussi très pratique pour injecter un produit à l'aide d'une seringue pour simuler la crise cardiaque. Nous sommes persuadé qu'il s'agit d'un procédé similaire dans le cinéma. On n'arrête pas le progrès, 007 va finir par être rattrapé avec ses gadgets d'un autre monde. Nous y sommes, en plein dans la bataille diplomatique, il va falloir trouver le moyen d'avoir un coup d'avance, sinon adieu les petits espions français.

– Votre histoire de barbouzes ne me plaît pas plus que ça. Au départ, j'ai mené des investigations pour retrouver un serial killer qui a pour passion de me faire tourner en bourrique en m'envoyant des cartes postales des lieux du crime. Je suis sur la piste d'un évadé depuis un an (merci la justice) qui s'est, avec la complicité de l'Etat, évanoui dans la nature. Maintenant vous m'apprenez que les deux derniers macabés qui ont traversés ma vie se sont fait occire avec une seringue et qu'ils sont dans le collimateur de l'ambassade de France. C'est trop pour un petit futur retraité de la fonction publique. J'aurais dû écouter mon épouse, je n'aurais pas du rempiler avec ce métier de dingue. Il est où votre patron ?

– Il sera là pour midi. Vous êtes son invité à déjeuner dans les salons. Vous allez voir ce que le chef vous a concocté pour l'occasion. Voulez-vous parler à votre épouse. Une petite recommandation avant de vous donner votre portable : ne lui fournissez aucune indication susceptible de lui faire découvrir l'endroit où nous nous trouvons. Pas un mot non plus sur nos petites affaires.

– Je lui dis quoi alors : bonjour, je suis chez des

amis, je mange bien, tout va bien, tu viens me voir
dimanche. J'ai le sentiment de retourner en colonie de
vacances, du temps de mes dix ans.
A cet instant la FM passe une chanson d'Alain
Souchon :
J'ai dix ans,
Je sais que ce n'est pas vrai
Mais j'ai dix ans
Laissez-moi rêver
Que j'ai dix ans …

Dans l'entrebâillement de la porte, une silhouette se
pointe, avec un large sourire en prime.
« – Bonjour monsieur l'ambassadeur, avez-vous fait
bon voyage.
   – Et vous monsieur Causeur, comment avez-vous
passé votre première nuit dans ces lieux. Nos amis ne
vous ont pas importuné au moins. Ils vous ont
expliqué la situation dans laquelle nous nous
trouvons. Si vous le voulez bien nous en parlerons à
table. Notre chef n'aime pas attendre. Avez-vous
prévenu votre épouse que votre absence risque d'être
un peu plus longue que vos habituelles recherches.
Je vous proposerais bien de l'inviter, mais je ne suis
pas certain que mon initiative fasse plaisir au Big

Boss. Pas facile pour une femme de tenir un secret, surtout quand il s'agit de se plonger dans le monde des tueurs en série. A ce propos, vous avez une approche personnelle sur ces meurtres. Vous pensez que la mort des jumelles et celle des deux derniers sont liés ou pas. J'ai ma petite idée, mais je vous laisse nous dire en premier votre sentiment.

– Je dois reconnaître que je ne suis guère avancé dans mon enquête. Je suis dépassé par le décès de l'avocat. Désolé, mais ça ne colle pas avec le profil de mon tueur, à moins que leur mère ne nous découvre une relation forte avec l'avoué et les parents adoptifs venus des pays de l'Est. Je nage en plein roman. »

Tout au long du déjeuner des explications sont fournies à notre retraité qui se demande bien ce qu'il fait là, entre la poire et le fromage. Il va apprendre que Josette, la brave femme est en première ligne de cet ancien réseau de trafic d'enfants. Sans le savoir elle est la mère du relais servant aux commanditaires, c'est son fils parti rejoindre le Duc, qui est devenu à sa mort la tête pensante de ces détournements de nouveau-nés. Petit problème, il possède l'immunité parlementaire en qualité d'ambassadeur de son pays en Europe. Ils sont d'accord sur un point, celui de ne

119

pas avoir retrouvé le lien de parenté avec la première victime, celle de Saleya. Ce sont bien des sœurs jumelles, les tests ADN ont mis en avant ce résultat. Hélas, il y a un hic avec la mère qui se refuse à reconnaître cette descendance. Son enfant est mort-né sur les registres de l'état-civil, point barre. Pour authentifier sa version, rien, selon l'ADN ne la ramène à elle. La victime aux cheveux longs n'a aucune existence terrestre sauf pour le tueur. Au fait comment peut il connaître ce détail celui-là ? Pour quel motif ce malade l'a occise.

Les meurtres concordent avec la sortie de prison de Frankinot, mais rien ne mène à lui. De plus il se fait discret le bougre, il aurait, d'après des sources non-officielles, bénéficié des bienfaits de la chirurgie esthétique. Pas un seul membre de sa famille n'a eu le moindre contact, ni la moindre approche de sa part. Bougrement méfiant et ça paye, selon les dires de nos enquêteurs qui ont planché sur sa personnalité.

12.

Savoir qu'un diplomate d'un grand pays est l'instigateur d'un trafic d'enfants et qu'il en joue depuis toutes ces années … Elle est belle la communauté mondiale qui se retranche derrière les patrons de la finance. Dès l'instant où les pays s'occupent à payer les intérêts de leurs dettes, tout va pour le mieux. Et la mère adoptive de la première jumelle retrouvait morte cours Saleya ? On va bien finir par la retrouver.

Revenons dans la salle à manger de l'ambassade de France où nous avions laissé les convives dans le salon, installés dans de beaux et bons fauteuils cuir.
« – Cher ami j'aimerais vous inviter avec votre épouse le prochain week-end dans le Var. Nous possédons une petite demeure qui nous vient de la

mère de madame, nous souhaiterions vous avoir parmi nos invités, le temps de faire plus ample connaissance. Je reconnais que notre relation a mal débuté, un peu par ma faute, mais aussi par votre entêtement légendaire. Vous n'avez rien de prévu ? Je peux dire à madame l'ambassadrice qu'elle va pouvoir faire votre connaissance samedi.

– Encore faudrait-il que je ne sois plus votre prisonnier. Avec des avantages, je le reconnais, mais prisonnier.

– Pas du tout. A l'heure qu'il est vous venez d'être affecté à l'ambassade de France dans l'équipe de sécurité de votre serviteur. Les documents sont signés du ministre et transmis à votre supérieur. Adieu la police niçoise, bonjour l'internationale.

Vous allez avertir votre épouse qu'une voiture officielle viendra la chercher samedi en fin de matinée pour venir vous retrouver ici. En attendant, je vous donne quelques instants de récupération, le temps de mettre à jour vos recherches et de faire le point de l'enquête. Dites-lui que toutes les explications sur ce qui se passe lui seront données lors de ces quarante-huit heures en notre compagnie. Je suis votre nouveau, comment dites-vous " boss " à vous de lui expliquer ce détail.

– A propos de détail, vous avez oublié dans votre

plan qu'elle a un métier.

– Pas du tout, elle est de repos en cette fin de semaine. Vous voyez que nous avons bien planifié les moments en votre compagnie.

– Autre " détail " je ne suis pas officiellement dans la police, je suis en retraite avec un statut spécial, disons de consultant. Alors ?

– Pas d'inquiétude à avoir, vous venez d'être contacté par le ministère de l'Intérieur pour une affectation temporaire de six mois dans mon service, suite à votre démission. Un léger détail au sujet de votre épouse : elle ne doit rien savoir de votre affectation nouvelle avant samedi. Arrangez-vous avec elle.

– Je vais devoir lui parler avec des pincettes. Difficile d'aller contre les rumeurs de village, surtout quand on verra arriver la voiture avec votre fanion.

– Il sera temps d'en parler plus tard, lorsque nous serons dans le Var. Je dois maintenant vous laisser pour retourner à des occupations plus adaptées à mon statut. Vous ferez donc équipe avec Obélix. Je serais de retour samedi matin, mais votre équipier est au courant de nos affaires, il a toutes les compétences pour vous épauler ou répondre à vos interrogations. N'oubliais pas de joindre votre épouse.

– Je le fais de suite. A bientôt mon nouveau patron.

En composant le numéro de madame, il a un petit sourire aux lèvres en s'imaginant sa tête quand elle va apprendre ce transfert de service. Son mari au service de la France, mais la tronche que vont faire les amies de son épouse en l'apprenant, lui donne ce sourire …

Le maire de la commune grille une cigarette sur le balcon de la mairie. Sa curiosité est mise en alerte en voyant passer cette limousine noire laissant flotter au vent un drapeau tricolore. Aussitôt, elle demande à sa secrétaire si elle a connaissance d'une visite du préfet dans son village de la Bailline.
« – Pas à ce que je sache, nous n'avons pas été prévenues, si c'est le cas.
– Elle vient de tourner sur notre droite. Ne me dites pas qu'elle va aller chez nos opposants ? »
La mairie va être rassurée en voyant revenir le véhicule qui n'est pas préfectoral, mais qui fait partie de la flotte de l'ambassade. Ouf !
Son occupante voudrait bien faire ouvrir sa fenêtre par son chauffeur d'un jour, mais une consigne, c'est une consigne : pas question, lui a ordonné son supérieur de faire en sorte que sa passagère soit reconnue, bien au contraire. Elle a beau être jolie, mais pas au point de risquer sa place par les temps qui

courent, en cette période de chômage. A force de persuasion il accepte de refaire un tour du village, en lui demandant de ne pas ouvrir la fenêtre. Contre mauvaise fortune bon cœur, madame Causeur accepte ce deal.

« J'avoue que c'est la classe de se faire véhiculer dans cette voiture, drapeau tricolore en pointe. Je ne sais pas pourquoi mon chéri à droit à ces honneurs, je redoute le pire, mais bon. La vie nous a appris à profiter du temps qui passe. »

Le véhicule se dirige vers l'intersection qui mène à Hyères en prenant soin de ne pas dépasser la vitesse autorisée. Il y a des forces de l'ordre un peu partout, pas la peine de se faire remarquer où d'utiliser de passe-droit : que dirait notre passagère.

En traversant le village de Collobrières, le chauffeur passe sur un pont du XII é siècle, juste en face de la confiserie où les légendaires marrons glacés sont produit.

« – Pouvons-nous nous arrêter un instant, je voudrais visiter la boutique. Je n'en ai que pour quelques minutes, le temps de ramener une gourmandise à Madame l'ambassadrice. C'est la moindre des politesses, vous me comprenez monsieur.

– Les consignes sont formelles, cela est impossible. Je me répète, mais je n'ai pas l'intention de perdre mon poste.

– Personne n'en saura rien, ce sera notre secret.

– Et vous direz à votre hôte que vous les avez trouvés en montant dans la voiture. Soyons sérieux, il nous reste une dizaine de kilomètres à parcourir avant de rejoindre le domaine de Verne, ne gâchons par le plaisir d'être en votre compagnie chère madame.

– Aucune personnalité monsieur. Si mon mari était semblable à vous, il y a longtemps qu'il serait muté à la circulation. Pouvez-vous au moins me parler de l'emploi qu'il occupe à présent chez votre patron. A moins qu'il existe un secret défense là aussi.

– Vous ne croyez pas si bien dire. Nous arrivons bientôt, vous pourrez lui poser vous-même la question. »

Après le trajet au milieu des châtaigniers, sur cette route sinueuse, empêchant à plusieurs endroits le croisement de deux véhicules, la modeste battisse apparaît. Lieu à la fois austère et protecteur, il est de bon ton de ne pas demander à votre voisin si la normalité d'un ambassadeur est de faire de la colocation avec des bonnes sœurs et des moines. Cherchons l'erreur ensemble, si vous le voulez bien. Afin de dissiper tout malentendu, un couple apparaît sous le porche principal, il est accompagné par son judas de mari.

« – Madame et monsieur l'ambassadeur, je vous remercie pour votre invitation à venir retrouver mon époux dans votre modeste demeure. Peut-être allé vous pouvoir me renseigner sur le nouveau métier de mon époux ici présent.

– Vous ne manquez pas d'humour chère madame. Sachez qu'il lui appartient de vous en informer, ce qu'il va faire dans quelques instants. Permettez que nous nous présentions à vous. Suivez-nous dans le salon, nous n'allons pas tarder à passer à table. »

En fin de repas, dame Causeur en connaît un peu plus sur la motivation de tous y compris sur le nouveau rôle que doit jouer son policier de mari. Elle a compris que la loi de secret-défense va faire partie intégrante de sa vie prochaine. Il va falloir que son époux lui fasse d'autres confidences lorsqu'ils vont se retrouver seul à seul. « Il va bien y avoir un moment où nous allons regagner notre chambre. J'espère que ce charmant couple qui nous reçoit ne viendra pas dormir en notre compagnie, non mais " da buon " et la vie privée alors … » Elle est comme ça madame Causeur, elle ne s'embarrasse pas de fioritures. Il le

sait et il appréhende ce moment d'intimité.
Tranquillement installée sur le lit, elle interroge son
mari du regard. Il détourne les yeux, s'approche de la
fenêtre pour visualiser l'étrange cloître qui s'offre à sa
vue. Une grande croix y est plantée, faisant face à
vingtaine de croix plus petites, un genre de cimetière
privatif. Ne cherchons pas plus loin, nous nous
heurterions à la vindicative des lieux. Causeur a
vainement tenté d'en connaître un peu plus, mais
bouche cousue sur le sujet. Les représentants du pays
France occupent une suite dans l'aile droite avec
entrée distincte, une statue de la vierge surplombant le
porche. Bref, d'après lui, il s'agirait d'une enclave
dans le domaine monacal. Pas vraiment du goût de
son épouse. Ce qui dérange le plus madame, ce n'est
pas la proximité entre religieux et fonctionnaires, elle
n'admet pas d'être réduit au silence sur la nouvelle
affectation de son mari. Que vont dire ses amies.
Et si on laissait les amoureux se réconcilier sur
l'oreiller par cette douce journée ensoleillée, pour
prendre des nouvelles des Russes.
La porte de la chambre se referme doucement sur eux,
qui en sont déjà à se chamailler sur les habits de
monsieur qui n'ont pas fait partis du voyage de
madame. Elle n'avait pas compris, ou n'a pas voulu
comprendre que son mari allait, pour quelque temps,

prendre racine en ces lieux.

« Avec la jolie augmentation que va te donner ton nouveau boss, tu vas pouvoir t'en payer des neuves des affaires. Tu pourras t'offrir de nouveaux boxers, les tiens commencent à dater. »

Le Tueur des cartes postales

13.

Frankinot pointe toujours aux abonnés absents. Aucun membre du ministère, ni de la justice ne veut faire avancer les recherches, ce serait plutôt le contraire. La thèse selon laquelle il serait le tueur ne colle pas pour notre ami, qui a laissé partir son épouse avec un ouf de soulagement. Il va pouvoir faire son travail sans l'avoir sur son dos. A lui d'en profiter car l'ambassadeur vient de lui faire savoir qu'un congé sans solde va prochainement lui être proposé par sa direction, sur insistance du directeur de cabinet du préfet. Pour le salaire pas de souci, la maison France s'en charge.

C'était sans compter sur les moyens que possèdent son nouveau service et l'ami Obélix : un individu sans passé contrôlable a été retrouvé au milieu de ses animaux dans le département de l'Ardèche. La découverte remonte a deux mois, se sont les voisins qui ont donné l'alerte, mais l'enquête de gendarmerie n'a pas permis de remonter jusqu'au dénommé Frankinot. D'ailleurs à ce stade, rien n'établit de lien susceptible d'y arriver. Des échantillons pour la recherche d'ADN sont bien partis sur Lyon, mais il y a un hic : ils ne sont jamais arrivés à destination. Comme la mort ne semblait pas suspecte aux autorités, ni au procureur, personne ne s'est inquiété de connaître le sort des échantillons. Les gendarmes ont déjà assez de boulot avec la recrudescence des cambriolages dans la région, alors le brave berger sans histoires … Ils n'ont pas réussi à trouver de la famille et comme personne n'est venu à la recherche du corps, conclusion : mort naturelle suite à une crise cardiaque. Les animaux ont été placés, la fermette va être vendue aux enchères pour payer les frais d'obsèques du défunt qui finit ses jours dans la fosse commune et la vie va reprendre son cours. Que pensez-vous que fit Causeur en apprenant tout cela ? « – Branle bas de combat, nous devons réclamer l'envoi de nouveaux échantillons. Il faut nous rendre sur place, demander une autopsie, tout le tralala habituel. Mon intuition me dit qu'il s'agit de l'homme que nous recherchons. »

Quatre heures plus tard le nouveau couple d'ami passe la porte de la gendarmerie et demande à parler au commandant. Pas de chance, celui-ci est en mission sur la trace d'une bande de Roumains qui, en plus d'empailler les chaises, s'autorise à mettre de l'ordre dans les garages ou les caves des clients.
« – Avez-vous réceptionné l'ordre de mission pour l'ouverture de la tombe qui se trouve dans votre fosse commune, celle du berger décédait d'une crise cardiaque ?
– Il nous faut une demande émanant du procureur nous y autorisant. Pas de chance, lui aussi est sur place pour avoir les Roumains en flagrant délit. Il va vous falloir attendre. Pourquoi n'iriez-vous pas à votre hôtel et dès que tout sera en ordre de mission nous vous contacterons. Comme vous nous l'avez demandé deux chambres sont réservées à votre nom.
– J'ai comme le sentiment d'une mise à l'écart et je ne supporte pas de l'être. (la voix d'Obélix)
Je vais vous donner un conseil valable pour l'ensemble de votre brigade, je vous charge de sa diffusion auprès des deux guignols que vous avez cités : demain dix heures du matin tous avec vos pics

et pioches pour exhumer le corps et le véhiculer vers un médecin légiste. Là vous nous préviendrait et nous donnerons nos directives au médecin. En attendant, méfiez-vous de ne pas devoir quitter votre belle région sauvage pour des horizons lointains. Nous manquons de bonne volonté dans ces coins reculés, alors un surplus de main d'œuvre … On se comprend. Bonne fin de journée, mes amitiés au procureur lorsque vous le verrez. Causeur, allons nous désaltérer le gosier, il fait une chaleur à faire griller un poulet. »

Il est onze heures lorsque nos deux protagonistes se retrouvent face au cadavre du berger. La première question qui est posée au légiste est de retrouver un petit orifice sur sa poitrine, au niveau de son cœur. L'état de décomposition avancée du corps qui se trouve allongé sur la froidure du métal n'aide pas à la recherche. Une heure plus tard toujours pas de résultat concret, au grand dam de nos deux messieurs. Faire toute cette route pour faire chou blanc et mettre à bas sa conviction d'être en présence du corps de Frankinot n'est pas du goût de Causeur. Il a la certitude qu'on lui cache la vérité, que dans une semaine, au retour des résultats ADN, ils vont être déçus. Après tout, pourquoi aller contre ce qui semble être la vérité. Il faut se rendre à l'évidence, ce corps n'est pas celui de qui on pense.

C'est mal connaître notre enquêteur qui n'adhère pas à cette hypothèse que vient de lui soumettre son équipier de route. Il invective le légiste, lui demandant de recommencer ses recherches macabres sur le corps qui se trouve devant lui.

« Le mort n'est plus en état de se plaindre alors ne vous embarrassez pas de fioritures et retrouvez moi cet orifice. Donnez-moi votre loupe, je vais vérifier de visu. » Il n'a pas froid aux yeux le bougre.

Tout en récupérant l'objet, il pense à son épouse, un sourire au coin des lèvres. Il faudra oublier de lui raconter cet épisode sous peine de devoir rejoindre le canapé après une dizaine de douches. Elle ne supporte pas cette relation avec la mort qu'ont les policiers, elle n'adhère pas au concept de son mari qui lui dit souvent que la vie c'est la mort. Sa réplique est immédiate : non, c'est l'amour qui est la vie.

« – Laissons tomber, nous nous sommes trompés, ce n'est pas celui que nous recherchons, il faut s'en faire une raison.

– Toi tu acceptes qu'il existe un nouveau fléau pour la santé des Français avec cette recrudescence de crise cardiaque. Je ne crois pas aux coïncidences, encore moins quand elles pourrissent mes enquêtes.

– Il a raison le patron quand il dit de toi que tu es un bourricot de première. On rentre à la maison, je te rappelle que tu es sous mes ordres, sans vouloir t'offenser. »

Pendant le retour on entend voler la mouche qui a décidé de faire le trajet avec eux. Heureusement, car sans elle, Causeur aurait trouvé le temps bien long. Il commence à douter de la sincérité de son coéquipier et par la même occasion de celle de son nouvel employeur. Pourquoi l'avoir recruté, si ce n'est pour avoir la main sur lui. L'empêcher, pourquoi pas de résoudre cette affaire de serial killer. Un ambassadeur est plus proche du pouvoir des états que ne le sont de simples flics. Si les Russes sont impliqués dès le début des échanges de bébés, il est tout à fait concevable de rapprocher les ambassades des deux pays. Du temps de la guerre froide, les dirigeants ont, pense notre retraité, de quoi se couvrir l'un et l'autre. L'opinion publique verrait d'un mauvais œil ressurgir de fausses descendances, des arnaques aux nourrissons par delà les frontières. Tout se tient dans sa tête, il va devoir redoubler de vigilance, tout en essayant de tirer les vers du nez d'Obélix.

Un peu de douceur dans ce monde de barbouzes avec
la présence de son épouse à son arrivée à la Verne.
Les engueulades vont pouvoir commencer. Dès sa
descente de voiture, sa dame embraye sur le sujet qui
fâche : « Alors mon chéri, vous avez réussi à savoir
ce que vous êtes allé chercher dans les montagnes
ardéchoises ? »
« Ce n'est pas bien de désobéir aux ordres du patron,
il avait dit aucune fuite extérieure à l'enquête. Je vais
devoir faire un rapport. Bonjour chère madame, avez-
vous fait bon voyage. »

Les retrouvailles dans la chambre ne sont pas
franchement amoureuses, juste cordiales. Sa dame ne
voit pas où elle a fait une bévue en posant sa question.
Son mari l'avait prévenu de ne pas se mêler au
dialogue avec les autres membres qui composent la
délégation policière de l'ambassade. Il aurait dû
ajouter que son nouvel ami Obélix, ainsi que le
couple de la maison en faisait partie. Cela va lui
servir de leçon pour l'avenir : ne jamais faire
confiance à une femme, encore moins la sienne.
(j'entends déjà les commentaires réprobateurs) Pour
se faire pardonner l'auteur amateur que je suis va nous
faire le récit torride des retrouvailles nocturnes du

couple. Je laisse votre imagination dérouler le film de la nuit, moi, je m'en vais prendre un bain et réfléchir à la suite de l'aventure. Retour en arrière sur l'aspect politicard de notre affaire.

Quelques jours plus tard ...

14.

« – Je voudrais avoir un entretien avec monsieur
l'ambassadeur. Ne me dis pas, une fois de plus, qu'il a
dû s'absenter. J'ai pris soin de vérifier sa présence
avant de vous le demander.
   – Je vais voir s'il peut vous recevoir, c'est à quel
sujet monsieur Causeur.
   – Je le lui dirais de vive voix. »
Quelques instants après, il est demandé à notre ami de
bien vouloir se rendre dans le salon où l'ambassadeur
ne va pas tarder à le rejoindre.
Toujours le coup classique des trente minutes
d'attente, histoire de mettre la pression sur l'invité et
le chef de la diplomatie fait son entrée dans le salon.
Après les banalités de courtoisie, le sieur Causeur
aborde le sujet qui fâche : « J'ai comme l'impression
que vous faîtes joujou avec ma petite personne.

Laissez-moi vous l'expliquer. Je me fais balader dans la montagne ardéchoise avec un garde du corps qui est soi-disant mon coéquipier. Nous apprenons que les tests ADN ont disparu de la circulation, que le corps du berger n'est pas celui de Frankinot, *etc, etc* ...
Je me suis autorisé à mener ma propre investigation en sollicitant de vrais amis ayant pignon sur rue dans la stratosphère de la gendarmerie. Je viens de recevoir le résultat qui en dit long sur les ramifications que votre ambassade tient à l'encontre de votre homologue russe. Je vous la fais courte : le corps qui nous a été présenté n'est pas celui d'il y a un peu plus de deux mois, ce qui explique que nous n'ayons pas trouvé ce détail sur sa poitrine qui accrédite la mort par crise cardiaque consentante. L'ADN, maintenant les résultats on s'en moque. La question qui se pose est, roulement de tambour, à qui profite le crime. Qui a intérêt à faire de Frankinot le meurtrier des jumelles et faire en sorte que toute l'affaire ne mette à jour, après tant d'années, le trafic des bébés entre la Côte d'Azur et les Russes. Je ne vois qu'un seul personnage qui est accès à toutes ces relations utiles pour mener à bien son job, sous les ordres de la République, d'où vos fréquents voyages à Paris et vos déjeuners avec votre ministre de tutelle. Vous suivez mon raisonnement jusqu'ici, à moins que je ne sois obligé

d'être plus explicite en vous donnant d'autres points fournis par mes amis. Bien joué mon cher ambassadeur, j'ai failli me faire avoir par votre gentillesse à notre égard. Vous êtes le commanditaire de tous ces meurtres avec la bénédiction de la France. Finalement, cela vous arrange le changement de président, le dernier commençait à trop parler dans les médias, il en était même à faire écrire ses confidences par des journalistes. Ave le nouveau, ainsi que les membres de son gouvernement, ni vu ni connu, je t'embrouille. Quelques cartons disparus de la passation entre eux, un envoi de ces cartons en Russie, à moins que le contenant n'est servi à allumer votre cheminée, et le tour de passe-passe est terminé. C'était sans compter sans mon obstination à vouloir résoudre l'enquête. La question qui se pose à vous maintenant est de savoir ce que l'on fait du petit emmerdeur que je suis. Il y a quelque chose qui me chagrine dans mon puzzle, le changement de ministre n'a pas modifié vos allers-retours à Paris. Tous des pourris ou raison d'Etat oblige.

– Vous en avez terminé avec vos élucubrations à mon sujet. Je suis déçu de votre attitude à mon égard. Nous vous avons reçu avec mon épouse comme un ami et vous en profitez pour faire votre enquête personnelle dans le dos de vos supérieurs. Vous m'accusez sans preuves d'une collaboration avec nos amis russes, de faire obstacle à la recherche de la vérité dans une affaire de meurtre. Le plus grave dans votre récit est de cacher les informations que vous semblez détenir de vos relations. Qu'à la place d'en informer votre supérieur, moi en l'occurrence, vous venez dans mon salon pour vous en servir contre nous. Causeur, vous avez perdu la tête, vous divaguez. Un séjour en hôpital psychiatrique est nécessaire. »

Sans faire de bruit, l'Obélix de fonction s'approche de la nuque de notre héros et lui plante une seringue dans le cou. « Faites de beaux rêves monsieur le casse pompons. »
Il ne reste plus qu'a prévenir sa dame de l'absence de celui-ci. Il a été amené, dans le cadre de son travail, de devoir s'absenter un certain temps. Pour des raisons de sécurité sur sa personne, ainsi que pour les besoins de l'enquête, personne ne doit connaître sa position. Les services de l'ambassade la tiendront informée dès que possible.
Dame Causeur n'est pas disposé à gober les informations qui lui sont fournies. Ces braves gens ne savent pas qu'il existe, entre elle et son époux, un

code, justement pour parer, on n'est jamais trop prudent, à un départ précipité de l'un ou de l'autre. La procédure ne s'étant pas mise en application, madame en déduit qu'il n'a pas eu le temps nécessaire pour le faire. Comme convenu, elle décide d'en référer à qui de droit.

Vous vous souvenez de son supérieur dans la police, celui qui a tendance à pencher vers son épouse, il vient de se voir confier de faire toute la lumière sur sa disparition. Contrairement à ce que l'on pouvait croire, les deux hommes ont toujours travaillé main dans la main. Ils ont mis sous surveillance cet ambassadeur depuis le jour où d'un tour de passe-droit, il a quitté son poste au Portugal pour apparaître en France, qui plus est sur la Côte. Cet élégant personnage a littéralement gobé le fait que rien ne change dans la passation des ministres. Le nouveau Président ayant décidé de mettre un terme à certaines pratiques qui remontent à une cinquantaine d'années, pourrissant les pays incriminés, il fallait le faire revenir dans son pays pour avoir la main mise sur lui le moment venu.

Hélas, Causeur a trop parlé (il n'était pas dans la confidence), d'où sa disparition inquiétante. Pourvu que cet excès de zèle ne fasse pas capoter toute la stratégie qui en découle.

« – Madame, vous avez bien fait de me mettre au courant des tribulations de votre mari. Nous allons le sortir de ce mauvais pas.

– Comment savez-vous qu'il est en danger.

– Ce n'est pas ce que je dis. Il n'est pas dans ses habitudes de disparaître de la sorte. La seule chose que nous savons nous vient de l'ambassadeur qui lui aurait confié une mission l'éloignant de notre territoire pendant quelques jours. Mission top secrète dont il ne peut rien nous dire de plus. Secret-défense oblige. Vous allez devoir retourner chez vos logeurs, faire bonne contenance et surtout ne rien dire de notre entretien, ni de notre complicité entre votre ami et votre serviteur. Je vais vous donner un numéro à ne joindre qu'en cas de nécessité absolue. Apprenez-le par cœur et détruisez-le ensuite.

– Vous m'avez l'air de connaître pas mal de détails sur le travail que fait mon mari dans cette ambassade. Vous n'avez pas l'air surpris de tous ces chambardements, un peu comme si vous en étiez la cause, je me trompe ? Je suis certaine que vous savez dans quel pétrin il s'est foutu cette andouille. Je veux savoir la vérité, où est mon mari, je ne partirais pas sans une réponse qui tienne la route sur le sujet.

– Ce que je peux vous dire, c'est que mon ami a besoin de notre aide. Nous devons faire front si nous voulons le revoir vivant. Ne jouons pas à James Bond 007, les gens d'en face ne reculeront devant rien pour préserver l'anonymat. Ils ont des ramifications partout, peut-être même ici, dans ma propre unité. Ne me rendez pas la tâche plus difficile, retournez dans votre lieu de villégiature et ouvrez l'œil. Nous devons être les premiers informés de son retour.

– Il est votre ami maintenant. Vous vouliez vous sauter sa femme et il est votre ami. Je rêve.

– Plus tard vous comprendrez. »

A son retour au domaine de Verne elle a pris soin de s'arrêter dans le village pour y faire l'achat d'une boite de marrons glacés pour l'ambassadrice, d'une bouteille de liqueur pour monsieur. Il lui reste un détail à régler, celui de se justifier pour l'emprunt de la voiture. Peine perdue, les véhicules sont tous munis d'un mouchard et le maître des lieux n'a aucune difficulté à retracer son escapade.

« – Alors ma chère dame, comment se passe votre séjour avec nous. Vous auriez dû nous avertir de votre besoin d'emprunter une voiture, nous nous serions exécuté de bonne grâce. J'oubliais, comment va

l'ancienne équipe de votre mari et son ex-supérieur.
Pas très futés la famille Causeur, je pourrais entrer
dans votre jeu, mais j'ai horreur de perdre mon temps
avec des moins-que-rien. Ne vous avisez plus de nous
quitter de la sorte, en attendant, j'ai bien envie de
connaître les mensonges que vous allez nous inventer.
Par ici, je n'oublie pas que vous êtes toujours mon
invité. Voulez-vous un kir avant de passer à table.
    – Je n'ai pas très faim, je vais aller dans ma
chambre me reposait. Cette sortie m'a mise à plat.
    – Vous me donnez l'impression de ne pas
comprendre votre situation. Ce n'est pas une
invitation à vous joindre à nous, c'est un ordre. »

Ambiance glaciale entre les convives. L'épouse qui
est séquestrée par ses hôtes a du mal à s'imaginer
comment va se terminer le repas. L'ambassadrice ne
semble pas faire partie du jeu d'échec qui se trame,
elle semble hors sujet. En prenant la parole, la
convive principale ajoute à la confusion qui règne
dans l'esprit de dame Causeur.
« – Excuse-moi de te poser cette question, mais je
n'ai jamais eu de réponse depuis notre retour du
Portugal. Pourquoi une mutation aussi rapide avec un
départ en pleine nuit. Il y avait le feu au pays, tu étais

impatient de travailler avec le nouvel élu. Pourtant, autant que je m'en souvienne, tu ne l'aimes guère ce jeune effronté. Souviens-toi, tu lui as donné le surnom de Robin des bois.

   – Cela doit rester entre nous ma chère amie, il ne faut pas apporter de l'eau au moulin de nos adversaires, n'est ce pas ma chère. Tu vas finir par devenir désagréable aux yeux de notre invitée. Je te sens euphorique, tu sais que tu dois éviter de boire pendant les repas, tu as tendance à, comment dire cela sans te vexer, être pompette, c'est le mot qui convient. Il a une résonance sympathique, il sonne bien en toutes circonstances, sans offenser la personne. Vous n'êtes pas d'accord avec moi les filles.

Pour me faire pardonner, je vous invite à me suivre au salon où nous attend le café.

   – J'ai une autre question pour madame. Je me lance malgré ta demande de ne pas aborder le sujet. Comment se porte votre mari après sa chute accidentelle dans les escaliers donnant sur le jardin. Vous avez pu lui rendre visite à la clinique. Il me semble que celles-ci ne sont pas autorisées d'après mon époux. N'est ce pas chéri.

   – Arrête d'importuner notre convive. Elle a déjà assez de mal à affronter cette mésaventure sans que tu en rajoutes. Rejoins-nous au salon après être passé par la salle de bain pour te rafraîchir un peu. Comme je l'ai dit mon épouse supporte mal la boisson, veuillez excuser son débordement.

– Elle est toute excusée. J'attends que vous me donniez des nouvelles de votre employé après cette chute qui, si j'en juge par vos précautions à le transporter dans une clinique privée, a du être sévère. Pourquoi ne suis-je pas au courant, dans quelle clinique est mon époux. Je veux le voir sans attendre.

– Ce n'est pas possible, ordre des médecins. Il a subi un fort traumatisme crânien, son pronostic vital est engagé. J'ai donné des ordres pour vous laisser en dehors de tout ça, mais dès que les nouvelles seront positives, vous serez informé de tout.

– Il est mort ?

– Je vous dis que non, il va s'en sortir, c'est un battant votre mari.

– Vous me cachez la vérité. Tout est manigancé par vos sbires. Vous êtes un espion à la solde des Russes.

– Pourquoi dire cela, pourquoi parler de la Russie. Qui vous a foutu cette idée dans la tête, c'est Causeur. Commence à m'emmerder celui-là.

– Doucement dans vos propos, c'est de mon chéri dont vous parlez. Vous devenez malpoli. Finis de jouer, où se trouve-t-il ?

– Vous voulez le savoir, asseyez-vous et écoutez

moi sans dire un mot. Après avoir chuté lourdement sur sa tête nous avons été obligés de l'interner dans un hôpital d'Etat. Je vous rappelle qu'il fait partie de mon escorte, je n'ai fait que suivre la procédure en vigueur. Ses propos devenaient incohérents avec un risque de divulguer des informations confidentielles sur son enquête. Il a été plongé dans un coma artificier, le temps de lui faire des examens plus approfondis, dans l'intérêt de nous tous et de sa santé. Nous gardons espoir sur la suite. »

Ne sachant pas comment se sortir de cette situation qui devient compliquée à chaque interrogation de l'épouse, il lui tend sa tasse de café. Le temps de se retourner elle part rejoindre les bras de Morphée.

« Je vais être tranquille pendant quelque temps. Vous deux, transportez-là dans sa chambre. Vous resterez devant la porte pour me prévenir de son réveil. Surtout, ne la laissez pas s'enfuir. Je vais devoir m'absenter pour prendre des instructions sur la suite à donner à nos deux tourtereaux. » Joignant le geste à la parole, notre ambassadeur rejoint Obélix, direction le littoral varois.

« – Il va nous falloir être prudent si nous ne voulons pas subir le même sort que ce foutu retraité de la police. Mais qu'est-ce qu'il lui a pris de foutre son nez dans nos affaires. Il ne pouvait pas se contenter de notre version et attendre sa retraite. Moi, avec la beauté de sa femme, je me la coulerais douce. Juste à faire attention de ne pas me la faire piquer. Quel con !

– Patron, on ne se refait pas. Ses états de service nous montrent que nous avons à faire à un super flic.

– Avions. Monsieur Causeur vient de nous quitter par une belle journée d'arrière-saison.

– Vous avez ordonné sa liquidation ?

– Je n'ai fait qu'obéir aux ordres de nos amis. Je vous laisse le soin de l'annoncer à sa dame à notre retour. Si vous pouviez éviter la crise de larmes, nous vous en serions reconnaissants.

– Vous pouvez m'informer de la raison officielle du décès de mon coéquipier. Ne me dites pas crise cardiaque.

– Pas exactement. Disons que le cœur a lâché pendant son coma. Il avait de l'âge le bougre. Vous direz à la veuve que la nation lui rendra les honneurs qu'il mérite. Il sera décoré à titre posthume pour ses états de service remarquables. Rentrons à présent, notre métier est parfois difficile.

– A qui le dites-vous monsieur l'ambassadeur.

Retrouvez-moi pages suivantes.
Brunandierre

15. SON PROPRE ENTERREMENT

Je vous invite à vous installer à mes côtés, oui là, prenez place. La vue est belle lorsqu'on est mort, vous ne trouvez pas. Etre assis sur son cercueil devant la petite foule qui suit le corbillard, mais quel pied ! L'imaginaire de l'auteur prend ici toute sa place.

A tout seigneur, tout honneur. Il s'agit de mon épouse qui est venue parler à ma dépouille qui se trouvait au reposoir. Ses enfants sont dans le couloir, peut-être ont ils peur que je les morde. Elle a vidé son sac entre deux sanglots, me reprochant cette non-méfiance à l'égard des fonctionnaires de l'Etat en charge de protéger mes assassins. Oui, j'ai été assassiné par des personnages qui m'ont accompagné jusqu'à la dernière page. Je n'aurais jamais dû la jouer solo, moi le retraité de la police. Il me fallait l'écouter dans sa complainte contre mon retour dans le camp des justiciers. J'en paye en ce moment le prix, mais je l'assume. Il faut bien tirer sa révérence un jour où l'autre. La mort ne me fait plus peur, maintenant, je vis avec elle. Vraiment, pensez-vous que naître sans savoir d'où on vient pour finir sans savoir où on va, vaille la peine de débarquer sur cette terre. Personnellement, je ne le pense pas. Je mentirais en écrivant que je n'ai pas de remords, j'ai celui de ne pas avoir assez protégée mon épouse. Elle ne sait pas qu'elle va être la prochaine victime de ce trafic d'enfants via les Russes. Dans notre métier un seul mot d'ordre : ne jamais laisser derrière soi un témoin. Mon amour, si seulement je pouvais te prévenir de ce futur proche.

Ta robe noire est d'une élégance folle. Elle me renvoie l'image de ce corps que j'imagine. Ce corps qui ne m'appartient pas, ce corps qui m'a fait bander de mon vivant. Grande consolation pour le jaloux que je suis resté, tu n'appartiendras plus jamais à un autre puisque tu ne vas pas tarder à me rejoindre vers les étoiles. Finalement, cette cérémonie n'est qu'une répétition de ta propre mort. Tu as toujours adoré porter des chapeaux, celui-là est splendide. Jeanne

Moreau te ressemblait un peu dans un de ses films dont j'ai oublié le nom. Paix future à ton âme.

Ma famille proche ou ma proche famille. J'opterais, si je m'en réfère au présent d'avant ma mort, à la première notation. Il est vrai que des larmes perlent sur la joue du petit frérot et de mon garçon devenu grand et con. Des escrocs dans la famille, avouez que ça fait tache pour un enquêteur de police. Ne pleurez plus, à l'ouverture du testament vous allez m'insulter. Je n'ose pas regarder le regard de tristesse qui dénature ce visage qui me ressemble tant. Et oui, a l'approche de ta cinquantaine, tu seras toujours la fille de ton père, n'en déplaise à ta belle-famille.

Les sans-grades, les copains de bistrot, ceux qui m'ont rendu la vie belle de mon vivant, ils sont tous là.
Ils chialent d'un mauvais cœur en se promettant de finir cette putain de journée au bistrot. « Causeur, tu payes ta dernière. »

Mon dernier boss, celui qui a mis à exécution ma fin de vie, sur ordre du gouvernement russe. Plus exactement, sur recommandation du fils à Josette, laquelle s'en est allée d'une belle mort, si tentant que la mort soit belle. Jour de soldes dans la même période avec la disparition, dans une sortie de route, du couple d'ambassadeurs. Son épouse et lui n'ont pas été retrouvés. L'Etat français ne va pas investir dans de coûteuses recherches, alors que la mer, a cet endroit est le territoire des requins.

J'ai failli oublier mon ami qui court toujours après dame Causeur. Il en a fait une obsession. Si tu viens prendre ma place dans notre lit, ne pas oublier de foutre sous le tapis ma tête de pinson qui se pavane sur sa table de nuit. La vie est ainsi faite qu'il ne faut jamais dire " Fontaine je ne boirais pas de ton eau "

Frankinot a bien perdu sa place sur terre, il n'y est pour rien dans ces assassinats. Il a eu la malchance de n'être pas à la bonne place au bon moment. Il a servi de bouc-émissaire, tout comme l'avocat véreux qui s'est brûlé les ailes en s'approchant trop près de l'ancien pouvoir. Quant à la mère des jumelles, elle cherche encore par quelle coïncidence, son enfant qui avait séjourné en Russie, est revenu à Nice pour habiter à deux pas de sa sœur après toutes ces années. Ne cherchez pas à retrouver la mère de substitution, elle est partie comme elle est venue : incognito.

Je vais devoir vous laisser, la petite troupe approche de l'église de mon village. Une petite côte à monter et nous voilà dans les lieux. Prenons place en silence.

Joli sermon que nous offre le représentant du ciel, je ne le mérite pas. Dans tous les cas, je n'y adhère pas. Cela serait contraire à notre esprit de famille qui, autant que je m'en souvienne, m'a aidé à grandir en surmontant les épreuves terrestres ou divines. Je reste dans la lignée de l'athée façonnait par les parents et grands-parents. Mon premier vélo, je l'ai eu en quittant le catéchisme avant la communion. Merci grand-père. J'ai refusé les honneurs promis avec insistance dans les quelques lignes que j'ai écrites, que ma femme lira. Comme tout à chacun cependant, je l'interroge ce Dieu qui me reçoit dans ma boite de fin. Dans les instants où mon impuissance face à la maladie, fait de moi un vaincu. Quel horrible mot ! Il ne m'a jamais transmis de réponse, alors je m'en remets aux lueurs de la voûte céleste, appelant de mon désarroi les étoiles de mes chers disparus.
Chaque matin, je m'interroge.
La MORT, La VIE
De quel côté tournera la roue aujourd'hui

« – Monsieur Brunandierre, vous n'auriez pas omis de nous donner quelques explications ainsi que l'identité du TUEUR des CARTES POSTALES.

– Quel manquement à ma parole, je pensais que Causeur s'en était occupé de son vivant. Vous vous souvenez de l'avocat général, ami d'enfance et amant de madame Roncevo. Le corps de son mari fut retrouvé près de la cascade du Suquet ? Oui, alors vous avez le nom du serial killer. *

Le motif est une vengeance contre celui qui l'a fait radier du barreau, mettant à jour son infidélité. Depuis, la police le recherche. Avouez que parfois, la logique envers l'adultère est mauvaise conseillère. Sexe, Argent et Pouvoir ne font pas bon ménage. Assis sur mes planches, je contemple mon monde en vous donnant rendez-vous, tous les ans, au mois de novembre. »

*Meurtres à l'insuline du même auteur.

Fin

L'auteur est le créateur du groupe sur facebook
ADVIE 06-LE GROUPE SANTE
pour faire suite au don d'un rein par son épouse le
11 avril 2012. Pour venir en aide aux patients.

Une partie des bénéfices de la vente de son livre
servira à projeter une action en faveur de son
engagement.

EDITION BOLLENE 06

Site de vente des ouvrages de Brunandierre
www.advie-06.fr (son association)
Lulu.com
Amazon
FNAC

EAN 9791093414164
Cet ouvrage a été imprimé par les Editions Lulu.com
(United States)

EDITION BOLLENE 06
Avenue Charles Romersa
06450 La Bollène Vésubie
andre.brunier@hotmail.fr

" dépôt légal " 2017 Novembre.

Achevé d'imprimer
en NOVEMBRE 2017

LIVRES PARUS EDITION BOLLENE 06
auteur Brunandierre

Don d'amour, DON de vie
Une histoire vraie.
Le don d'un rein de Sylvie à André

LEGENDES VESUBIE
ET PAYS NICOIS
Tome 1 des PETITES NOUVELLES
DE BRUNANDIERRE

UNE MERE MAQUERELLE
La vie trépidante d'une maman décédée
à 51 ans. Un final émouvant

HISTOIRES ET NOMS DE NOS
VILLAGES EN MODE TOURISTE
(format 15X 21, 143 pages)

PROMENADES EN VESUBIE
Tome 2 des PETITES NOUVELLES
DE BRUNANDIERRE

TARTARIN DE GORDOLON
**Tome 3 des PETITES NOUVELLES
DE BRUNANDIERRE**
140 pages   Format de poche
**Du romanesque, du dérisoire pour les lecteurs de
7 à 80 ans. Permettre à tous de s'éloigner ensemble
de nos écrans envahissants.**

MEURTRES A L'INSULINE
Version Féminine 238 pages
Version Masculine 242 pages
Format 15 x 21
**Un policier au final surprenant qui se déroule dans
la vallée vésubienne parmi des élus. Qui a
assassiné le leader de l'opposition ?**

Jeunesse Ne vous laissez pas DIABETISER
Format 15 x 21
**La suite du livre sur la greffe de rein avec pour
sujet le combat d'un greffé face à 4 pontages,
conséquence du DIABETE.**

ON A VOLE LA PROM
97 pages   Format de poche
**14 juillet à Nice. Traverser la rivière de vie sur le
gué que forme PROSE-REALITE et POESIE.**

POINTS DE VENTE DANS LA VALLEE
Carrefour-contact Gordolon Roquebillière
Maison de la Presse Roquebillière
Tabac-presse Lorenian Lantosque
Huit à huit Saint-Martin-Vésubie
Camping "Les Templiers" Roquebillière
Office de Tourisme de la Bollène-vésubie

Ce roman est une pure fiction sortie tout droit de mon imagination souvent débordante.
Selon la formule consacrée.
« Les personnages et les situations de ce récit étant purement fictifs, toute ressemblance avec des personnes ou des situations existantes ou ayant existé ne saurait être que fortuite. »

BRUNANDIERRE

Si la poésie dirigeait le monde ...

Le Tueur des cartes postales

30211169R00090

Printed in Great Britain
by Amazon